CAIHUI SHIJIE TONGHUA DAWANG

彩绘世界童话大王

U0589267

骄傲的黑天鹅

主编：曾亮

时代出版传媒股份有限公司

安徽美术出版社

全国百佳图书出版单位

图书在版编目（CIP）数据

骄傲的黑天鹅 / 曾亮主编 . — 合肥：安徽美术出版社，2012.3（2021.11 重印）
（彩绘世界童话大王）
ISBN 978-7-5398-3320-0

Ⅰ . ①骄… Ⅱ . ①曾… Ⅲ . ①汉语拼音- 少儿读物 Ⅳ . ① H125.4

中国版本图书馆 CIP 数据核字 (2012) 第 042384 号

彩绘世界童话大王
骄傲的黑天鹅

彩绘世界童话大王
骄傲的黑天鹅

出 版 人：王训海
责任编辑：倪雯莹　　　　　　责任校对：许　茜
封面设计：三棵树设计工作室　　版式设计：李　超
责任印制：缪振光
出版发行：安徽美术出版社 (http://www.ahmscbs.com)
地　　址：合肥市政务文化新区翡翠路 1118 号出版传媒广场 14 层
邮　　编：230071
印　　刷：三河市人民印务有限公司
开　　本：700mm×1000mm　1/16
印　　张：10
版　　次：2016 年 6 月第 1 版　2021 年 11 月第 3 次印刷
书　　号：978-7-5398-3320-0
定　　价：39.80 元

如发现印装质量问题, 请与销售热线联系调换。
版权所有 侵权必究
本社法律顾问 :安徽承义律师事务所　孙卫东律师

目录

骄傲的黑天鹅

水草丰茂的人工湖里，居住着一群高贵的天鹅。它们的羽毛洁白无瑕，姿态高贵典雅，歌声优美动听。白天鹅们一直为自己高贵的血统自豪，为自己无与伦比的幸福生活歌唱。

直到有一天，飞来了几只黑天鹅，打破了白天鹅们宁静的生活。黑天鹅的出现，引起了白天鹅家族的骚动。

一只白天鹅生气地说："同是天鹅，他们的羽毛怎么像乌鸦的颜色？真是太丢脸了。"

另一只白天鹅也愤慨地表示："他们黑得像木炭，难道是我们天鹅的血统出了问题？也许他们应该叫别的什么鸟，而不是

天鹅。"白天鹅们甚至商量着如果赶走这群黑天鹅。

有一天，几个人来到人工湖，见到黑天鹅，他们个个欣喜若狂，赞不绝口："黑天鹅！快看，黑天鹅！多么珍贵的品种！"

"雍容华贵，端庄秀丽，太可爱了。"

"这是上天赐给我们的礼物！"

白天鹅们刚开始很惊讶，后来就自卑了，原来自己没有黑天鹅漂亮、高贵。这群黑天鹅则为自己的漂亮而到处炫耀。

这群骄傲的黑天鹅很快就成了猎人的首选目标。看见黑天鹅被捉，白天鹅们连忙扑棱着翅膀逃走了。被关在笼子里的黑天鹅们发出了悲惨的鸣

叫，流下了后悔的眼泪："如果自己不是那么爱出风头，怎么会有现在的结局呢！"可是，无论黑天鹅们怎么后悔，都不能改变自己的悲惨命运。猎人已经提着它们向远处的集市走去了。

千手观音

传说妙庄王有许多儿女，但他却视三公主妙善为掌上明珠。三公主长大后，在桃花岛白雀寺出家了。妙庄王知道后非常生气，一病不起。王后整天以泪洗面，愁眉不展。

三公主妙善知道了，心里十分难受。她知道父王生病，都是自己引起的。自己又不懂医术，怎样才能治好父王的病呢？三公主每天跪在菩萨面前为父王祈祷。

一天夜里，妙善做了一个梦，梦见两个神仙来到她面前，告诉她说："妙善，要想治好你父王的病，只有砍下你的手臂煎成汤让你父王服下他才会好！我们是来砍你手臂的！"妙善吓得惊叫起来，醒来后才知道是个梦。

这样的梦妙善一连做了三个晚上，而且每晚做的梦都一模一样。妙善非常奇怪，决定回宫看望父王。

妙善回宫后，向母后讲述了自己做的怪梦。王后听了很惊讶，告诉妙善自己也连续三个晚上做了与妙善同样的梦。妙善相信梦里所说，决定砍下自己的手臂，熬汤为父王治病。

妙庄王喝下汤后，病奇迹般地好了。当妙庄王知道事情的真相后，被女儿的孝心感动了。他不希望女儿断臂，他祈求上天让女儿尽快好起来。

后来，妙善的断臂不仅好了，还长出无数条手臂，被人们称为"千手观音"。

苏武牧羊

汉武帝的时候,匈奴和中原不断发生战争。每次当匈奴快要战败的时候,匈奴的单于就派使者来求和。

刚开始,汉武帝并不答应匈奴的条件,可匈奴仍然一次次地派使者来求和。汉武帝见匈奴的单于确实有诚意,于是就答应了匈奴的求和,并派使者到匈奴去回访。汉朝的使者到了匈奴被扣留下来,再也回不来了。

公元前100年,汉武帝决定再次出兵攻打匈奴。匈奴又派使者来求和了,汉朝的使者也被全部放了回来。这次,汉武帝派中郎将苏武拿着旌节,出使匈奴。苏武到了匈奴,给单于送上礼物。当苏武要返回汉朝时,却被匈奴扣留了。

苏武的部下因为怕死，都投降了。可苏武却说："我决不会投降！怎么逼我也没有用。"

单于想逼苏武屈服。于是，他把苏武关在地窖里，不给他任何吃喝的东西。当时正是冬天，外面飘着鹅毛大雪。苏武经受了寒冷和饥饿的双重考验后，坚强地活了下来。

单于见折磨他没用，就把他送到北海（今贝加尔湖）边去放羊。单于说等公羊生下小羊就放他回汉朝。可公羊怎么能生小羊呢？很显然，单于是想流放苏武一辈子。

苏武到了那里，那边什么人也没有，一片荒凉。唯一和他做伴的是那根代表朝廷的旌节。没有吃的，他就掘草根充饥。后来老单

于死了，新单于没有力
量再跟汉朝打仗，又打
发使者来求和。

刚继位的汉昭帝要
单于放回苏武。几经周
折，苏武终于回到了中
原，回到了他日夜思念
的故土。苏武出使的时候才四十岁，在匈奴受了十
九年的折磨，已经苍老得不成样子。他的胡须、头
发全白了。

他回到长安的那天，全城的人都出来迎接他。
看到憔悴的他仍然高举着旌节，没有一个人不受感
动的。大家都说他是个有气节的大丈夫。

热血与冷魔

很久以前，有一个靠打鱼为生的部落，夏天他们去北方，在那里捕捞美味的鱼；冬天他们就得离开，因为北方有一个统治者叫北风，会把部落的人全部赶走。

冬天到了，大家忙着收网，准备去别的地方，只有一个叫辛几比斯的年轻人决定留下来。他告诉同伴："白天我穿上皮袄，戴上皮手套；晚上我在小屋里生起很旺的炉火，北风没有胆量到我的小屋里来！"

辛几比斯准备了许多干木头、树皮和枯枝。每天黄昏时，他会带着捕的鱼回家；晚上，他会把炉火烧得旺旺

的。看见有人留在这里，北风愤怒了，它决定赶走辛几比斯。

有一天，辛几比斯正在吃晚饭，北风在他小屋周围的树林里呼啸，它掀开皮帘子，冲进了小屋。

辛几比斯装作没看见，往火堆里又添了一根大木头。大火熊熊燃烧起来，热得北风额头直冒汗，头发上的雪片和冰块也不见了，凶猛的北风慢慢地变得无力，急忙逃出门去。

辛几比斯追了出去，一场激烈的摔跤开始了。在坚硬的雪地上，他们翻滚着，厮打着，辛几比斯并不感到寒冷，因为他在不停地运动，可是北风却越来越没劲儿了。

当太阳从东方升起的时候，北风终于被征服了。它怒吼一声，逃到远方去了。

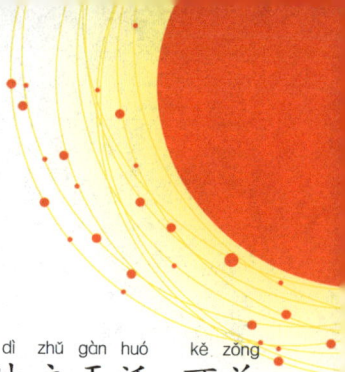

神 罐

庄稼汉索米卡每天都卖命地替地主干活，可总也吃不饱。一天，索米卡在树林里发现了两只罐子：一只泥罐和一只木罐。索米卡捧着木罐说："要是有块米饼就好了。"话刚说完，罐子的盖儿掀开了，里面真有个米饼。

索米卡高兴地叫了起来："这真是一只神罐！要是罐子里有两个米饼就更好了！"他刚说完，罐子里果然就有了两个米饼。

接着，索米卡又要了烧鹅掌。索米卡吃完米饼和烧鹅掌后，高兴地往家里走。

huí jiā de lù shang suǒ mǐ kǎ pèng jiàn le
回家的路上，索米卡碰见了

tān lán de dì zhǔ suǒ mǐ kǎ shuō wǒ jiāo
贪婪的地主。索米卡说："我交

hǎo yùn la wǒ zhǎo dào le yì zhī shén guàn shuō
好运啦，我找到了一只神罐。"说

zhe suǒ mǐ kǎ bǎ bǎo bèi bǎi chu lai duì guàn
着，索米卡把宝贝摆出来，对罐

zi shuō wǒ yào zhá ān chún guàn zi li zhēn
子说："我要炸鹌鹑！"罐子里真

de jiù yǒu le yì zhī zhá ān chún
的就有了一只炸鹌鹑。

dì zhǔ xiǎng bǎ shén guàn nòng dào shǒu tā qiāo
地主想把神罐弄到手，他悄

qiāo huàn le suǒ mǐ kǎ de shén guàn suǒ mǐ kǎ huí
悄换了索米卡的神罐，索米卡回

jiā hòu cái fā xiàn
家后才发现。

suǒ mǐ kǎ yòu huí dào shù lín bǎ ní guàn qǔ le chū lái dì zhǔ kàn
索米卡又回到树林，把泥罐取了出来。地主看

jian le yòu qiǎng qù le ní guàn dì zhǔ jiē kāi guàn zi gài er tū rán guàn
见了，又抢去了泥罐。地主揭开罐子盖儿，突然，罐

zi li fēi chū le èr shí zhī dà quán tóu duì zhe dì zhǔ yí zhèn měng dǎ
子里飞出了二十只大拳头，对着地主一阵猛打。

ráo le wǒ ba suǒ mǐ kǎ dì zhǔ dǎo zài dì shang dà shēng āi qiú
"饶了我吧，索米卡！"地主倒在地上大声哀求。

huán wǒ guàn zi suǒ mǐ kǎ shuō wǒ huán wǒ huán dì zhǔ lián shēng
"还我罐子！"索米卡说。"我还，我还！"地主连声

shuō guàn zi li de quán tóu lì kè shōu le huí qù dì zhǔ bǎ liǎng zhī shén
说。罐子里的拳头立刻收了回去。地主把两只神

guàn huán gěi le suǒ mǐ kǎ
罐还给了索米卡。

cóng cǐ suǒ mǐ kǎ hé xiāng qīn men guò shàng le xìng fú de shēng huó
从此，索米卡和乡亲们过上了幸福的生活。

抢 马

从前，有一个叫毕卡的人骑马进城。路上，马不幸跛了一条腿，不能继续奔跑了。这时，来了一个叫汤姆的人，他也骑着马。

毕卡见到汤姆，对他说："把你的马给我吧，我们交换！"

汤姆不愿意。毕卡拔出宝剑，说："快把马给我，否则我就砍下你的头！"

汤姆很害怕，把马交给了毕卡，自己骑上跛了腿的马，一步一瘸地跟在毕卡的后面。

第二天，在繁华的城堡里，毕卡和汤姆又相遇了。汤姆向法官控告毕卡抢了自己的马，要毕卡还马，

并把毕卡抢马的经过告诉了法官。

法官问毕卡："你现在骑的马是你的吗？"

毕卡说："没错，这匹马是我的。它从小就跟着我了。"

这时候，汤姆脱下外套，罩在马头上，问毕卡："马的哪只耳朵有一撮白毛？"

毕卡想也不想地回答："左耳。没错，就是它的左耳！"

汤姆拉下了马头上的外套，说："你好好看看吧，它的两只耳朵都没长白毛！"

法官仔细看了看马的两只耳朵，终于明白了谁才是马的真正主人。

农夫与魔鬼

从前，有个聪明的农夫。一天，他在地里干活。天黑了，他正准备回家，忽然发现地里的一堆煤着火了。农夫惊讶极了，他走过去一看，发现一个黑色的魔鬼正坐在煤堆上。

"你坐在上面干什么？"农夫问。

"这是真正的财富。"魔鬼答道。"这些财富应该归我，它是在我的地里！"农夫说道。"没问题，归你吧！只是你必须将地里一半的收成给我。钱，我不喜欢，我更喜欢地里的果实。"魔鬼说。

农夫同意了，他对魔鬼说："地上的东西归你，地下的东西归我。"魔鬼很高兴，因为他不知道农夫在地里种的是土豆。

收获的季节到了，魔鬼出现了，他想来拿走他的果实。可地上除了枯黄的叶子，什么也没有。农夫却高高兴兴地挖着地下的土豆。

"这次你可占了大便宜。下次我们换一下，地下的东西归我，地上的东西归你。"魔鬼说。

"没问题。"农夫回答。

聪明的农夫这次在田里种上了水稻。水稻熟了，农夫来到地里，把地上的稻谷收割回家了。魔鬼又出现了，地下除了水稻根外，什么也没有。魔鬼知道自己又上当了。

花珊劈山

在很久以前，福建的武夷山与台湾的阿里山就像兄弟俩一样，紧紧地连在一起。生活在山脚下的人们，过着幸福而平静的生活。可惜，平静的生活并没有这样永远持续下去。

有一年，不知从什么地方来了一个恶魔，强行霸占了整座大山，他的力气好大好大。他在山上做尽了坏事，弄得这里生灵涂炭，山脚下的百姓们自然也没有办法生活，他们都很生气。可是，恶魔的力气太大了，人们都无可奈何，只有叹息和流泪。

在大山脚下的村子里住着一个美丽、聪明而勇敢的姑娘，她叫花珊，她不甘心就这样被恶魔抢去了家园。

为了铲除这个恶魔，花珊非常勤奋地练武，冬练三九，夏练三伏，一刻都不停息。

一年年过去了，花珊练就了一身好武艺。

有一天，花珊觉得是去找恶魔报仇的时候了。她准备好弓和箭，磨亮大刀。做好一切准备后，她背着箭、提着刀上山去了。她暗自下定决心，一定要把这个恶魔赶走，夺回自己的家园。

她走了很长的时间，天渐渐地黑了下来。隐隐约约地，花珊看到在离山顶的不远处有两道绿光一闪一闪的。

"这里怎么会有这么诡异的光呢？"花珊思索道。很快，她就想明白了，那一定是恶魔的眼睛，因

为，只有魔鬼的眼睛才会发出那样可怕的光。于是，花珊把弓拉得满满的，用尽全身力气，"嗖嗖"射出了两箭。

箭飞速地直插向绿光，只听"啊"的几声惨叫，绿光不见了，随后，花珊看见恶魔滚了下来。见此机会，花珊飞快地向倒下的恶魔冲了过去，边跑边大声地喊着："把我们美丽的家园还给我们，把我们失去的生命还给我们！你应该为你做过的坏事还债！"

趁着冲过去的势头，带着她和所有百姓对恶魔的仇恨，带着找回家园的梦想，花珊一刀狠狠地砍了下去。只听"劈啪"一声巨响，天摇地动，恶魔被劈成了两段，只见它在地上挣扎了一阵，就再也不

动了。

可是，这一劈，花珊用的力量实在是太大了，连大山也被劈成了两半，断裂的中间出现了一道深深的鸿沟，奔腾的东海之水汹涌而来，迅速冲开了裂痕，山的两端飞快地向两边移动，中间就形成了今天的台湾海峡。而那断裂的大山，一个就是现在的武夷山，另一个则成了阿里山。

就这样，山脚下的人们又过上了平静幸福的生活，而两座山遥遥相望，海浪声声，仿佛都在讲述花珊英勇劈山的故事，世世代代，直到今天……

十兄弟

秦朝时，长江边住着一位勤劳善良的老人。老人有十个儿子：大儿子顺风耳、二儿子千里眼、三儿子大力士、四儿子铁头子、五儿子铁骨子、六儿子长脚杆、七儿子大脑壳、八儿子大脚板、九儿子大嘴巴、十儿子大眼睛。

一天，十兄弟正在山里劳动，顺风耳忽然听见很远的地方有人在哭泣。千里眼站在山顶上，向北方望去，看见孟姜女在长城上哭泣。

老三大力士急忙喊道："我要去帮助那些受苦的人。"老三来到修长城的工地，左手挥一挥，右手动一动，很快就把长城修好了。

秦始皇知道了，大吃一惊，心想：留下这个大力士太危险了！秦始皇假装夸奖大力士修长城有功，要宴请他。暗地里，他却让人用酒把大力士灌醉，将他关入天牢，下令第二天斩首。

顺风耳听见这个消息，急忙说："不好了，秦始皇要杀三弟！"

老四铁头子说："不要担心，我去换三哥回来。"

夜里，铁头子潜入天牢，把老三换回了家。第二天，秦始皇下令开斩，行刑手在铁头子头上砍坏了三百把钢刀，铁头子却毫发无损。

秦始皇听了十兄弟的传说，十分担心十兄弟联合起来造反，于是派出千军万马要剿杀十兄弟。十兄弟团结一心，打败了秦军，再次过上了幸福的生活。

牛与太上老君

很早以前，人间没有牛，人们耕田全靠人力，非常辛苦。

一天，太上老君下凡到人间，他看见人们光着身子，满头大汗地拉犁拖耙，心里很难受。在回天宫的路上，他一直在想怎样帮人们找出一个更好更省力的方法。

回到天宫，太上老君听见"哞哞哞"的叫声，回头一看，原来是两头大青牛。太上老君有了主意，他走上前跟两头青牛打招呼："牛老弟，你们真清闲呀！"

青牛说："有什么办法，整天无事可做。"

太上老君对青牛说："你们不如到人间去看看，那里漫山遍野长满了嫩绿的青草，味道比天上的好，

景色也非常漂亮，你们可以一边吃草，一边游山玩水，会生活得很幸福的。"

两头青牛听了，满心欢喜地说："好吧，我们到人间去玩玩！"说完，两头青牛就出了南天门。快到人间时，青牛果然看见了绿油油的草地和美丽的景色，它们高兴地跳了下去。

两头青牛到了人间，被人们驯养了，它们学会了拉犁、耙地、耕种。青牛们喜欢满坡满岭的嫩草，再也不想回天上了，从此，它们心甘情愿地留下来为人们做事。后来，青牛繁殖的后代也一代一代为人们拉犁耕地，直到今天。

最重的人和最轻的人

国王心爱的枣骝马不见了，他下令马夫杰林三天之内找到枣骝马，否则就将他处死。

在一棵橡树下，杰林遇见一个被土埋了半截的小人儿。他将小人儿拉了出来，小人儿告诉杰林自己是"最重的人"，还说是马戈纳巫师偷走了枣骝马，为了感谢杰林的帮助，小人儿同意和杰林一起去找巫师。

在一棵无花果树下，他们遇见了被微风吹到树上的巨人，他们将巨人拉下来。巨人说自己是"最轻的人"，他愿意和他们一起去寻找巫师。

在森林最深处，他们找到了巫师。马戈纳巫师说要和他们比试，如果他们赢了，就将马还给杰林。

结果，巫师输了，他只得将马还给杰林，还告诉杰林只要从枣骝马的马鬃和马尾上各拔下一根毛，枣骝马就会飞起来。

杰林带着枣骝马回到王宫。见到自己心爱的枣骝马，国王非常高兴，答应赏给杰林相当于小人儿体重的黄金，结果王宫里一半的黄金也没有小人儿重，国王后悔了，大声喊道："这三个人都是妖怪，把他们抓起来！"

杰林将装黄金的袋子放到枣骝马背上，骑上马，从马鬃和马尾上各拔下一根毛。眨眼间，枣骝马就带着三个人飞走了！

25

阿里巴巴和四十大盗

很久以前，在波斯的一个小城里有一对亲兄弟，哥哥戈西姆和弟弟阿里巴巴。但他们的性格截然不同。哥哥是一个吝啬的人，阿里巴巴却是一个喜欢结交朋友、乐于助人的人。戈西姆幸运地娶到了一个富商的女儿，得到了一笔丰厚的嫁妆。而阿里巴巴却爱上一个穷苦人家的女儿。他们靠卖柴为生，过着拮据却快乐的生活。后来，他们的父亲去世了，兄弟俩各得到一些财产。戈西姆嫌弟弟太穷了，怕自己吃亏，立即就分了家，只给弟弟留下了一间破草屋和一头瘦弱的毛驴。

阿里巴巴每天就赶着毛驴上山砍柴。一天，他

砍好柴正准备下山，远远就看到一支马队从山下飞奔而来。毛驴被吓得一溜烟钻进了茂密的树林。

阿里巴巴知道自己遇上了强盗，也感到害怕，现在想跑已经来不及了，只好爬到旁边的一棵大树上，用树枝将自己藏了起来。那些强盗在大树对面的一块大石头前停了下来，石头后面是高高的山崖。阿里巴巴数了数，不多不少，正好四十个人。他们个个虎背熊腰，满脸横肉，手上提着沉沉的袋子。阿里巴巴觉得奇怪：他们到这里来做什么呢？他决定探个究竟。

这时，一个脸上蒙着黑布的首领模样的人走到那块大石头前，粗声粗气地说道："芝麻，开门！"喊声一停，令人惊讶的事情发生了。大石头上突然打开了一扇大门，强盗们鱼贯而

入。全部进去后，那扇大门就自动关上了。

一直在树上的阿里巴巴大气也不敢出一口，继续等待将要发生的事情。

过了一会儿，山洞的门又开了，强盗们说说笑笑地走了出来，最后出来的是强盗头子，他对着石头念道："芝麻，关门！"洞门像是能听懂人话似的，又自动关了起来。强盗们这才各自骑上自己的马，挥舞着响亮的马鞭，扬长而去了。

阿里巴巴一直等到马蹄声完全消失了，才从树上跳了下来，学着强盗头子的声音，轻轻喊了一句："芝麻，开门！"没想到，洞门还真的立刻就打开了。

他怀着强烈的好奇心，小心翼翼地走了进去。

满洞光芒耀眼的财物使他惊呆了，这是强盗专门堆放平时所抢夺的财物的地方啊。阿里巴巴匆匆装了几袋金币，找回毛驴，一刻也不敢停留，

柴也顾不上拿，就赶紧跑回了城中。

到了家，妻子奇怪丈夫怎么没有砍柴回来，一看到他打开的几袋金币，整个人都看愣了："这……这是……哪儿来的呀？"

阿里巴巴就把山中离奇的经历告诉了妻子。

妻子听后一路小跑到隔壁戈西姆家去借量斗。戈西姆的老婆是个疑心很重的人，她很想知道穷得什么都没有的阿里巴巴家还有什么可量的东西。于是她在斗的底部刷了一点蜜蜡，想看看能粘点什么东西回来。激动的阿里巴巴的妻子在还量斗的时候并没有发现斗的底部还粘着一枚金币。戈西姆两口子看到金币后，急红了眼，他们立刻赶到阿里巴巴家，追问金币的来历。

阿里巴巴不愿意说谎，就把事情一五一十地说了一遍，连石头前的暗语也没有隐瞒。

知道有这么一个宝藏，戈西姆怎么还坐得住呢？他连夜就匆匆来到了山中，按照阿里巴巴的讲述，顺利走进了山洞。他在金银珠宝中滚来滚去，放肆地哈哈大笑，没有留意到洞门已经悄悄关上了。

他装了满满十大袋财宝，恋恋不舍地想要离开时，才发现自己早将暗语抛到九霄云外了。他开始惊慌起来，从大麦一直喊到了绿洲，洞门都依然紧闭着。最后，他只能抱着那些并不属于他的财富绝望地等着强盗的归来。

半夜，强盗们前呼后拥地回到山洞，一看到瘫软在地上的戈西姆，又惊又气。强盗头子抽出锋利的尖刀，一下就结果了戈西姆的性命。

阿里巴巴见哥哥一夜都没有回来，担心发生意外，就骑着毛驴前往山洞。当他看到死去的哥哥时，伤心极了。他决定为哥哥举办葬礼。

强盗们再次回到洞中发现戈西姆的尸体不见了，断定还有其他人知道他们的秘密。于是，强盗头子让手下下山去寻找可疑的人。

一个年轻的强盗正巧听说了葬礼的事，于是他顺利地找到了阿里巴巴的家。他打算先回去报告，晚上再来动手。为了避免到时找错门，他在大门上画了一个大叉作记号。

阿里巴巴的妻子出门办事时，看到门上的那个记号，猜到其中一定有什么古怪。于是，她就把这条街上所有的大门都画上了同样的记号。

当然，强盗们没能顺利找到阿里巴巴的家。强盗头子十分生气，决定亲自去报仇。

他在街上转了一圈，打听到阿里巴巴家最近突然有了很多钱，而他哥哥又突然死去了，刚办完丧事。他知道阿里巴巴就是他们要教训的人了。于是，他精心打扮了一番，装成一个卖油的商人，让同伙分别藏进三十八个油瓮里，只在其中一个里面装上真油。

天黑时，强盗头子来到阿里巴巴家里求宿，准备晚上动手。好客的阿里巴巴痛快地答应了，给他安排了一间客房，并帮着将油瓮都搬到了柴房里。

夜深时，阿里巴巴的妻子发现油灯没油了，就到柴房去找油，

打算明天再买来还给商人。可她听到有人在油瓮里断断续续地说话,仔细一听,正是强盗们在商量怎么杀死阿里巴巴。

她急中生智,想出了一个巧妙的办法。她舀出一大锅油,架在火上烧得滚烫,再依次往每个油瓮里浇上一瓢沸油。潜伏在油瓮中的强盗还不知是怎么回事呢,就一个个被烫死了。强盗头子也被抓住送到了官府。

阿里巴巴把宝藏的秘密告诉了大家,让大家一起过上了富裕的生活。

猎人和妻子

森林边的木屋里，住着善良的猎人和他的妻子。

一天，猎人去森林打猎的时候，遇见了林妖。林妖对猎人说："善良的猎人，你的老婆是个恶毒的人，你回去把她杀了吧。"猎人摇摇头没有答应。林妖又拿出一大罐金币说："要是你杀了她，这一罐金币就是你的了。"望着闪闪发光的金币，猎人有点动心了。

猎人到家时，他的妻子正躺在床上。猎人端起猎枪，准备杀了妻子，很快他又放了下来。猎人心想：不能为了一罐金币就杀自己的妻子。

第二天，猎人又去森林打猎。这时，林妖来到了他家。

林妖对猎人的妻子说："如果你把你丈夫杀了，我就把这些金币都送给你。"说着，林妖将袋子里的金币抖得"哗哗"响。听着金币清脆的声音，猎人的妻子忙点头说："我愿意，我愿意。"

晚上，猎人睡熟后，猎人的妻子偷偷拿起菜刀杀死了丈夫。这时，林妖走了出来："你这个卑鄙的女人，居然为了一罐金币杀了爱你的丈夫！昨天我也曾用一罐金币让你的丈夫杀了你，他却不忍心。"林妖走到死去的猎人跟前，将一些白粉撒到他的刀伤上。奇迹发生了，猎人慢慢地活了过来。

林妖指着正准备偷偷逃走的猎人妻子对猎人说："她为了一罐金币杀了你，你现在该知道我说的话没有错了吧。她真的是一个恶毒的女人。为了奖励你的善良，我将这一罐金币送给你。"

愚公移山

愚公已经快九十岁了，经常为家门口高大的太行山和王屋山挡住道路这件事而烦恼。一天，愚公对全家人说："这两座大山，害得村里的人出门要走许多冤枉路。不如我们全家出力，移走这两座大山吧。"

愚公的儿子、孙子们说："您说得对，咱们明天就开始动手吧！"可是，愚公的妻子提出意见，说没有地方放置石头和泥土。这话立刻引起大家的议论，最后他们一致决定：把山上的石头和泥土运送到海里去。

第二天，愚公带着全家人开始挖山了。一个月干下来，大山看起来跟原来没有什么两样。但是，愚公一家人都没有灰心，他们继续往返于大山与大

海之间，他们坚信总有一天大山会被他们搬走的。

村里还有一个老头叫智叟，他看见愚公一家人搬山，觉得十分可笑。一天，他对愚公说："你这么大岁数了，怎么可能搬掉两座大山呢？"

愚公回答说："你名叫智叟，可我觉得你还不如小孩聪明。我虽快要死了，但是我还有儿子，我的儿子死了，还有孙子，子子孙孙，一直传下去，无穷无尽。我们天天搬、月月搬、年年搬，难道还搬不走大山吗？"智叟听了，自知理亏，红着脸走了。

愚公带领全家人，不论酷热的夏天，还是寒冷的冬天，每天起早贪黑挖山不止。玉皇大帝被他们的行为感动了，于是派遣两位神仙到人间，把这两座大山搬走了。从此，那里的人们出行就畅通无阻了。

希望戒指

农夫干完活正在田里休息时，一个仙女对他说："你沿着这条路走下去，看到那棵最高大的松树，就把它砍倒吧。你会有好运的。"说完，仙女就不见了。

农夫听了仙女的话，带着斧头上路了。走了整整两天，他才看到仙女说的那棵松树。于是，他把松树砍倒了。松树倒下时，从上面掉下了一个鸟窝，里面有两个鸟蛋。鸟蛋落到地上就裂开了，一个里面飞出来一只小鹰，另一个里面滚出来一枚戒指。

正当农夫看得目瞪口呆时，小鹰说话了。它说："谢谢你把我

38

从魔法中救了出来，只要你把这枚神奇的戒指戴在手上，转一圈，说出你的愿望，它就能实现。不过只能有一个愿望，你要想清楚啊。"说完，它就飞走了。

农夫觉得好像做梦一样，他喜气洋洋地往家里走去。碰到一个珠宝商，他很骄傲地把戒指展示给珠宝商看。

珠宝商笑他拿不值钱的东西来炫耀。农夫笑着说："你才是不识货啊，这可是宝贝，是可以实现一个愿望的魔戒！"

珠宝商一听，眼睛都直了，决心要把戒指据为己有。很快，他就想到了一个坏主意。

珠宝商先把农夫灌醉，趁他睡着的时候，用一个看起来相同的戒指换走了农夫的魔戒。

第二天，等农夫走后，珠宝商急忙把门关好，他一边转动戒指，一边大声地喊道："给我钱，我要一百万个金币！"

话音还没落，金币就像雨点一样砸在他的身上。一百万个金币实在是太多了，落了很久都没有落完，而珠宝商早就被砸死了。

农夫回家后和妻子高高兴兴地看着戒指，想着要实现的愿望。可他觉得想到的愿望只要努力劳动就可以实现，没必要浪费那唯一的机会。于是，他没有使用那个已经被调包的戒指。

后来，幸运之神一直眷顾着农夫一家。风调雨顺，加上辛勤的劳动，他们连年获得丰收，粮仓里堆满了粮食。

就这样过了一年又一年，虽然他经常想起那枚神奇的戒指，可始终都没有使用。因为他相信只要努力劳动，就可以得到一切东西，至于那唯一能实现愿望的机会，还是留到以后吧。

再后来，他们谈到戒指的机会越来越少了，即使拿出戒指，也说不出任何愿望来。三十年过去了，四十年过去了，夫妻俩都老了。他们一起安度晚年，直到去世也不知道自己拿的是一枚假戒指。但是，由于他们一生勤劳，幸福始终伴随着他们。

小蜜蜂报恩

一天，一只小蜜蜂哼着小曲儿，正在花丛里乐悠悠地采着花粉。采着采着，它发现来了一只体格强壮的大黄蜂。

这个家伙见小蜜蜂弱小，便飞去抢它的花粉。小蜜蜂毫不示弱，和大黄蜂争斗起来。可惜小蜜蜂的力气实在太小了，它辛辛苦苦采来的花粉还是被可恶的大黄蜂抢走了。这不，它的翅膀也受伤了，痛苦地躺在地上，再也飞不动了。

这时，几只小蚂蚁从这里路过，它们发现了小蜜蜂，急忙把它抬回家去。小蜜蜂伤心地哭着说："求求你们别吃掉我，妈妈还等着我回去呢。"

"小蜜蜂，不要害怕，我们不

会吃掉你的。等你养好了伤，我们一定会送你回家的。"小蜜蜂听了，心情平静了下来，连声向小蚂蚁们道谢。

没过几天，小蜜蜂就在小蚂蚁们的细心照料下恢复了健康。从此，它又可以像以前一样，在花丛中自由自在地飞行穿梭，为花儿传播花粉了。

小蜜蜂回家后，时时刻刻都记着小蚂蚁们的恩情。

有一天，小蜜蜂特意给小蚂蚁们送去了蜂蜜，说："小蚂蚁，这些新鲜的花蜜是我特意为你们送来的，请你们收下。"小蚂蚁们听了小蜜蜂真诚的话语，愉快地收下了这份珍贵的礼物。

懒惰的贞子

日本人家里的榻榻米可干净漂亮了，而且每张榻榻米下都有一张非常整洁的席子。传说在这些席子下面住着一些小精灵，他们很喜欢整洁干净的环境。如果谁把席子弄脏了，那些可爱的小精灵就会报复他，让他不得安宁。

在北海道，有一个叫贞子的女孩。她非常懒惰，都已经是大人了，还不会料理自己的日常生活。同城的年轻男子都不愿意娶她。

一天，贞子家里来了一位英俊的武士，他住在贞子家中，每天和贞子的父亲谈论着功夫。

这个武士英俊的外表和正直的品行打动了贞子。贞子的父亲也希望武士能娶自己的女儿，并准备了丰厚的嫁妆。

武士答应了这门婚事。他们结婚后，就回到了武士在东京的家。

武士家里没有仆人伺候，什么事都得自己做。可贞子什么也没有做过，所以，她把家里搞得乱七八糟的，衣服堆得到处都是，用过的碗筷也到处放。就连榻榻米上也放满了乱糟糟的东西，榻榻米的席子下扔着许多用过的牙签和没有洗的脏袜子。

住在席子下的小精灵气坏了，他们决定惩罚懒惰的贞子。有一天，武士出门了，需要很多天才回来。小精灵们这下可找到报复贞子的机会了。

到了晚上，睡梦中的贞子被一阵奇怪的声音吵醒了。她起来一看，只见一

大群拇指般大小的士兵挥舞着战刀向她冲来。她吓坏了，整夜都没有睡觉。

天亮的时候，这些小士兵就离开了。

到了晚上，那些小士兵又来折磨她了。

就这样一连许多天，这些小士兵一到晚上就出来折磨贞子。

武士回来的时候，发现妻子十分憔悴。武士很奇怪，便问她怎么了，贞子流着眼泪把一切告诉了丈夫。武士决定好好教训那些小东西。

天黑了以后，武士悄悄地藏进衣柜里，等着那些小东西。不一会儿，那些小士兵又来了，挥舞着战刀向贞子冲了过去。武士突然从衣柜里跳了出来，朝那些小士兵猛喝一声，那些小士兵吓坏了，纷纷现出了原形。

yuán lái qī fu zhēn zǐ de xiǎo dōng xi dōu shì
原来欺负贞子的小东西都是

xí zi xià de yá qiān hé chòu wà zi biàn de wǔ
席子下的牙签和臭袜子变的。武

shì bǎ zhēn zǐ jiào le chū lái bìng bǎ xí zi xià
士把贞子叫了出来，并把席子下

miàn zhù zhe xiǎo jīng líng de shì qing gào su le zhēn zǐ
面住着小精灵的事情告诉了贞子。

zhēn zǐ tīng le zhōng yú míng bai zì jǐ huì
贞子听了，终于明白自己会

zāo shòu zhè yí qiè zhé mó dōu shì yīn wèi zì jǐ lǎn duò tā kū zhe shuō
遭受这一切折磨，都是因为自己懒惰。她哭着说：

wǒ zhī dào cuò le zhè dōu shì lǎn duò rě de huò cóng jīn wǎng hòu wǒ zài
"我知道错了，这都是懒惰惹的祸。从今往后，我再

yě bú huì xiàng guò qù nà yàng le wǒ yí dìng yào zuò yí gè qín láo de rén
也不会像过去那样了，我一定要做一个勤劳的人，

bǎ jiā li shōu shi de gān gān jìng jìng ràng xí zi xià miàn de xiǎo jīng líng zhù de
把家里收拾得干干净净，让席子下面的小精灵住得

shū shū fú fú de
舒舒服服的。"

cóng nà yǐ hòu zhēn zǐ xiàng biàn le gè rén shì de tā bù jǐn bú zài
从那以后，贞子像变了个人似的。她不仅不再

wǎng xí zi xià miàn luàn diū yá qiān hé zāng wà zi ér qiě měi tiān dōu bǎ jiā li
往席子下面乱丢牙签和脏袜子，而且每天都把家里

shōu shi de gān gān jìng jìng de
收拾得干干净净的。

蚕豆变成娃娃啦

有一对善良的老夫妻，他们很想要个孩子。老奶奶甚至说，哪怕是像蚕豆那么大的孩子，他们也满足了。

一个冬天的下午，他俩坐在桌子边剥蚕豆。剥着剥着，老奶奶叹息说："唉！如果这些蚕豆都是孩子，那该多好啊！"一瞬间，所有的蚕豆都变成了小孩儿。这些孩子跳到桌子上，兜着圈子，翻筋斗，做游戏。有些孩子沿着桌子的腿滑下来，到处奔跑，四面八方都能听见孩子们叫喊的声音：

"妈妈，我饿了！"

"爸爸，我渴了！"

"他打我！"

"她骂我！"……

chǎo nào shēng bǎ liǎng gè lǎo rén de ěr duo kuài chǎo lóng le　　lǎo nǎi nai
吵闹声把两个老人的耳朵快吵聋了。老奶奶

shuō　　 tài chǎo le　　 tài chǎo le　　 rú guǒ tā men chóng xīn biàn chéng cán dòu nà gāi
说："太吵了！太吵了！如果他们重新变成蚕豆那该

duō hǎo a
多好啊！"

zhuǎn yǎn jiān　　 suǒ yǒu de hái zi dōu tiào jìn pén zi　　 biàn chéng le ān ān
转眼间，所有的孩子都跳进盆子，变成了安安

jìng jìng de cán dòu
静静的蚕豆。

wǎn shang　　 chī wán zhǔ cán dòu de lǎo yé ye hé lǎo nǎi nai zhǔn bèi shuì le
晚上，吃完煮蚕豆的老爷爷和老奶奶准备睡了。

hū rán　　 tā men tīng dào pén zi li yí gè xì shēng xì qì de shēng yīn　　 bà ba
忽然，他们听到盆子里一个细声细气的声音："爸爸

mā ma　　 qiú qiu nǐ men bú yào zhǔ wǒ　　 wǒ xiǎng dāng nǐ men de guāi hái zi
妈妈，求求你们不要煮我，我想当你们的乖孩子。"

liǎng gè lǎo rén yí kàn　　 shì gè lòu zhǔ de cán dòu　　 tā men ràng tā biàn
两个老人一看，是个漏煮的蚕豆。他们让它变

chéng le xiǎo hái　　 gěi tā qǔ míng jiào dòu yuē hàn　　 dòu yuē hàn shì gè xiǎo nán
成了小孩，给他取名叫豆约翰。豆约翰是个小男

hái　　 hěn qín kuai bāng zhù liǎng gè lǎo rén zuò hěn duō jiā wù　　 jù mù chái shēng
孩，很勤快，帮助两个老人做很多家务:锯木柴、生

huǒ　　 zuò fàn　　 zhào kàn nǎi niú　　 yǒu yì tiān　　 tā qù
火、做饭、照看奶牛。有一天，他去

mǎi dōng xi　　 hěn yǒu lǐ mào de duì lǎo bǎn shuō　　 qǐng
买东西，很有礼貌地对老板说："请

gěi wǒ sān gè yuán xíng de dà miàn bāo
给我三个圆形的大面包。"

shéi zài shuō huà ya　　 zěn me qián zài huàng dòng
"谁在说话呀？怎么钱在晃动，

què kàn bu jiàn rén　　 qí guài le　　 miàn bāo fáng de
却看不见人？奇怪了！"面包房的

lǎo bǎn shuō
老板说。

"我在这儿。"豆约翰掀开钱的一角,面包房的老板这才发现了他。老板给了他三个圆形的面包。豆约翰把面包当做游戏用的木环,一个接着一个滚着回家。

春耕的时节到了,老爷爷到田里去耕种,豆约翰跟着去。到了田里,豆约翰让爸爸休息,他来耕地。"你长得那么小,马儿那么大,它怎么可能听你的指挥呢?"老头儿问儿子。

"你把我放在马的耳朵里,把马鞭子放在我的手上就行了。"于是,他开始吆喝:"吁!荷!得儿驾!"他把马鞭子抽响,马果然服服帖帖听他的指挥,而且很快把地耕完了。

就这样,豆约翰辛勤地帮两位老人干活,和他们幸福地生活在一起。直到老人们去世,他才又变回一粒安安静静的蚕豆。

不来梅市的乐师们

从前，一个农夫养了一头驴。这头驴一直为主人辛勤劳作，但现在它已经老得快掉牙了。它的主人不想再留着它光吃粮草不干活，准备将它杀掉。驴子预感到了自己的悲惨命运，于是悄悄地朝着一座叫不来梅的城市跑去。它想：到了那里，凭借自己的歌喉，也许能当一名音乐家呢。

走了没多远，驴子发现路边躺着一只不停喘气的狗。狗告诉驴子："我老了，再也不能随我的主人一同出去打猎，主人准备把我打死。我跑了出来，可我没地方去。"

驴子说："这样吧，我准备到城里去当音乐家，你愿意和我一起去吗？"就这样，它们成了同路人。

走了没多远，它们看见一只愁眉苦脸的猫蹲在路中央，驴子上前问道："你这是怎么了？"

猫叹口气说："我老了，只想躺在火炉边休息，我的主人要把我淹死。我只好逃了出来，可我不知道靠什么维持生计。""你和我们一起进城吧，当一个音乐家也挺好的。"驴子说。猫愉快地加入了它们的队伍。

经过一个农庄时，它们听见一只公鸡在放开嗓门儿啼叫。驴子赞叹说："你的嗓音挺不错，你在唱什么呢？"公鸡回答道："我在唱今天天气真不错。可惜的是，我的女主人不仅不感谢我的好心，还准备明天把我杀了。""真是不幸。"驴子说道，"公鸡，和我们一起到城里去吧！我们可以组织一场音乐会，

轮流唱歌。"公鸡说:"好吧!我一定尽心尽力。"就这样,四个"准歌唱家"高兴地踏上了进城的路。

天渐渐黑了,它们走进一片树林里休息。驴子和狗睡在一棵大树下,猫睡在树杈上,公鸡飞到了树顶上,它觉得那里最安全。公鸡还有一个习惯,就是在睡觉前要看看周围有没有动静。它挺直脖子一瞧,发现远处有光亮,便马上冲它的同伴们喊叫:"我看见了灯光,那儿一定有房子。"驴子说:"走,我们去看看吧。"

于是,大家一起向公鸡所指的方向走去。灯光变得越来越明亮了,最后,它们来到一幢强盗住的楼房前。

个头最高的驴子走到窗户跟前,偷偷朝房里看,它说:"我看见一张桌子上摆满了各种好吃的东西,强盗们正高兴地吃着呢。"

最后,它们想出了一个办法:驴子

立起后腿，前腿搭到窗台上;狗站在驴背上，猫趴在狗背上，公鸡则飞上去坐在猫的头上。

一切准备好后，它们约定了一个信号，然后一齐大叫起来。驴还一脚踢破了窗户，大家一起翻进了房间。玻璃的碎裂声和可怕的喧闹声把强盗们吓坏了，他们还以为是可怕的妖怪来了，拼命逃了出去。于是，这几个不速之客就坐了下来，高兴地吃起了强盗们留下的食物。那狼吞虎咽的样子可真够吓人的。

吃饱之后，它们把灯灭了，按照各自的习惯找到了休息的地方。驴子躺在院子里的一堆草上，狗趴在门后面的一个垫子上，猫蜷曲在仍有炉灰余热的壁炉前，鸡栖息在房顶的屋梁上。不久，它们都睡着了。

到了半夜，强盗们从远处望见房子里没了灯光，其中一个胆大的强盗想回去看看情况。

当他走进厨房想找一盒火柴把蜡烛点燃时，忽然看见了猫那双闪烁着

绿光的眼睛。他误认为那是没有熄灭的炭火，便手持火柴凑上前去。

猫猛地向强盗的脸扑去，又咬又抓。强盗吓得撒腿就跑。刚到门口，狗扑上来在他腿上咬了一口，穿过院子时，他又被驴子狠狠地踢了一脚。公鸡此时被吵闹声惊醒了，高声叫了起来。强盗连滚带爬地逃回同伴的身边，心有余悸地对强盗头子说："太恐怖了，有一个可怕的巫婆待在屋子里，她向我的脸上吐唾沫，又用长长的瘦骨伶仃的爪子抓我的脸；门后面还藏着一个人，用刀刺伤了我的腿；院子里站着一个黑色的怪物，他拿着一根大棒向我乱打；房屋的顶梁上也坐了一个恶魔，叫声非常恐怖。"

从此，强盗们再也不敢回原来住的屋子了。"音乐家"们愉快地在这里住了下来，每天过着说说唱唱的逍遥日子。

桃 太 郎

从前，在一个偏僻的小村子里住着一对老夫妇。

有一天，老公公到山上去捡木柴，老婆婆则到河边去洗衣服。老婆婆清洗衣服的时候，看到河的上游好像漂来了什么东西。仔细一看，竟然是一个很大很大的桃子。这桃子好像也看到了老婆婆似的，漂呀漂呀，使劲地向老婆婆漂了过来。

"真是不可思议！"老婆婆将桃子捞了起来，把它放在木盆上，费了好大劲，终于搬回了家。这时候，老公公也从山里回来了，看到那个大桃子，非常吃惊。老婆婆拿出菜刀，将桃子切开。谁知道，桃子里蹦出一个小男孩！

老婆婆急忙将他抱了出来。

他们一直盼望有个孩子，所以看到这个孩子都非常开心。老公公想为他取个好名字，想了又想，灵机一动：既然孩子是从桃子里蹦出来的，就叫他"桃太郎"吧。

老公公和老婆婆非常细心地照顾着桃太郎，对他可好了。桃太郎是个聪明而又活泼的孩子，他在老夫妇的爱护之下，长得既健康又可爱。

老婆婆常常做糯米丸子给桃太郎吃。桃太郎吃了好吃的糯米丸子，一天天长高了，长成了一个强壮的少年。老公公和老婆婆看在眼里，真是高兴极了。

有一天，桃太郎听人说对岸的小岛上来了一帮很坏的妖怪，这帮妖怪喜欢欺负岛上的百姓。它们毁坏人们的房屋，抢走人们的东西，大家都对它们又恨又怕。桃太郎当下就做了一个决定，他向大家宣布说："我要除掉这帮大坏蛋！"

老夫妇听了桃太郎的话，虽然为他的勇气感到高兴，但又有些担心。老婆婆赶紧做了很多糯米丸子，好让他吃了更有力气。桃太郎拿上剩下的糯米丸子，告别老夫妇出门去了。

途中桃太郎遇到一只小狗，它乞求道："给我一个糯米丸子好不好？我实在是饿极了。"

桃太郎毫不犹豫地就拿了一个糯米丸子给它吃。为了报答他，小狗愿意和他一起出发。后来桃太郎又遇到了猴子和雉鸡，它们也向他要糯米丸子吃。他仍然很热情地将糯米丸子给它们吃了。它们都很感动，愿意成为他的仆人，和他一起打妖怪。

桃太郎带着这三只动物走了很久，终于来到了海边。渔夫知道他们的目的后，很热情地就将渔船借

给了他们。他们扬起帆，同心协力地用力划着船桨，向魔鬼岛驶去。登上陆地后，他们将渔船藏了起来。

这是一个地形险恶的岛，一踏上去，他们便感觉到一种恐怖的气氛。但是桃太郎告诉朋友们，无论多大的困难都必须勇敢前进。于是，他们向妖怪住的城堡走去。城堡有一个用铁铸成的门，看起来非常坚固。铁门紧紧地关闭着，无论他们如何用力，都无法将它打开。这时，小猴子想出了一个点子。它身手敏捷，挽住雉鸡，跳入城墙里边。小猴子找到了城门，这时居然没有卫兵，于是它很顺利地打开了城门，让同伴们进入。

"冲呀！冲呀！"桃太郎和同伴们冲了进去。妖怪们都被他们的叫声给惊醒了。

妖怪头目拿起一根棒子，气急败坏地跑了出来。桃太郎不慌不忙地掏出一个糯米丸子，从容地吞了下去，力气一下就大了许多。他英勇地迎战妖怪头

目，小狗狠狠地咬住了妖怪头目的脚，小猴子伸出爪子，把妖怪头目的脸抓得伤痕累累，雉鸡也用它锋利的嘴将妖怪头目的眼睛啄伤，很快妖怪头目就给制伏了。其他妖怪被他们打得七零八落，痛哭求饶。

妖怪们发誓从此以后不再做坏事。他们纷纷将手放在头上，表示诚意，桃太郎这才原谅了他们。桃太郎拾起了妖怪们交出来的兵器，说道："把你们平常从村民们身上搜刮来的珠宝，全部交出来！我要把这些东西还给他们。""是！是！一切遵命！"妖怪头目命令手下将那些抢来的珠宝全搬了出来。

桃太郎带着这些金银珠宝高高兴兴地离开了魔鬼岛，回到了村子里，将金银珠宝还给了大家。村民们都非常感谢桃太郎和他的朋友们。

县太爷听说了这个消息，就派人送了许多银子赏赐给桃太郎，并且还写信褒奖他，

感谢他为村民们做的好事。

好心的桃太郎得到了县太爷的赏赐，并没有沾沾自喜，而是将银子拿去救济那些贫苦的村民，村民们都非常感激他。

县太爷把桃太郎请到官府，说："你真是个善良的孩子，我非常欣赏你，想将女儿许配给你，你的意思怎样？"桃太郎知道他的女儿是一个知书达理、孝顺父母的好女孩，就高兴地说："大人，谢谢您对我的厚爱，我非常愿意迎娶小姐。"

桃太郎回到家，把这个好消息告诉了老公公和老婆婆，大家都为这件事高兴。桃太郎在村民们的祝福声中和县太爷的女儿结婚了。在婚礼上，小狗、猴子、雉鸡这几位好朋友最开心，它们真诚地祝

福它们的好朋友桃太郎能够永远幸福。从此以后，桃太郎夫妇和好朋友们一起过着幸福、快乐的日子。

木马攻城

特洛伊木马的传说来自古希腊的神话《荷马史诗》。

一天，特洛伊王子帕里斯乘船来到希腊，竟偷偷地把国王麦尼劳斯美丽的王妃海伦带回了特洛伊城。

希腊人十分愤怒，麦尼劳斯更是怒不可遏。他和迈锡尼国国王阿伽门农决定，联合起来派兵讨伐特洛伊。

麦尼劳斯和阿伽门农集合了一千艘战船，浩浩荡荡地出发了。经过漫长的航行，他们跨过爱琴海，来到了特洛伊城。

可特洛伊城池牢固，易守难攻。整整十年过去了，希腊人也没有攻下特洛伊城。

最后，希腊将领奥德修斯想出了一个好办法，经过讨论，所有将领都认为不错。

然后，奥德修斯就开始实施计划了。他让人制作了一匹木马，这匹木马又高又大，马肚子里能躲藏好几百人。奥德修斯挑选了三百名士兵藏在马肚子里，然后拉着木马直奔特洛伊城。

新一轮战争又开始了，希腊人假装失败，争先恐后地向后撤退，并故意在城门前留下了那匹巨大的木马。

特洛伊人看到敌人战败，都非常高兴，他们真的以为希腊人被打败了。

这时，他们发现了那匹巨大的木马。

"这一定是希腊人丢弃的木马！"

"这是我们的战利品，快去献给国王！"

于是，木马被特洛伊人当成战利品抬进了城。

晚上，就在特洛伊人高举酒杯、庆祝胜利的时候，藏在木马里的希腊士兵悄悄溜出来。他们打开城门，让那些早已埋伏在城外的军队进了城。

很快，来不及防御的特洛伊城便被攻陷了。最后，海伦被带回了希腊，持续十年之久的战争这才宣告结束。

南瓜车

绿油油的菜地里住着美丽的白鼠公主，她非常贪玩。有一天，白鼠公主命令白鼠工匠："你们给我造一辆车，我要坐车出去玩！"

白鼠工匠们想来想去，有主意了。他们找了一个红红的大南瓜，给南瓜开了门和窗，掏出了里面的南瓜子，安上了软软的小椅子，又挑了四个圆溜溜的马铃薯，给南瓜装上了马铃薯车轮。四个白鼠士兵套上绳子，用力一拉，南瓜车就动起来了。

高贵的白鼠公主坐在华丽的南瓜车里，高兴地说："真舒服啊！"南瓜车"咯吱咯吱"地向黑鼠王国

驶去了。

黑鼠王国的小黑鼠们纷纷跑出洞来，拍着手欢迎白鼠公主的光临，黑鼠乐队还奏起了欢快的乐曲。

黑鼠王国的国王命令小黑鼠们用豌豆壳做了一辆车，他要带白鼠公主出去游玩。

那些日子，它们参观了黑鼠王国的博物馆，还在游乐场玩遍了所有的游戏。白鼠公主开心极了。

可没过多久，白鼠公主又觉得没意思了，吵着要回家。但是，南瓜车的马铃薯车轮在泥地里发了芽，再也不能转动了。南瓜车也不能坐了，因为它已经烂掉了。

这可怎么办呀？白鼠公主着急了。唉，谁叫自己这么贪玩呢！

水孩子

在英国北方的一个大城市里，住着一个扫烟囱的小男孩，名叫汤姆。

汤姆很可怜，他从小就失去父母，被一个叫格里姆斯的恶棍雇用，做了他的仆人，受尽他的虐待。

汤姆每天的工作就是扫烟囱。他整天在烟囱里爬上爬下，清扫烟尘。格里姆斯经常打骂他，但他仍无忧无虑，十分快活。

一天，汤姆和格里姆斯一起去哈索沃庄园扫烟囱。路上他们遇到了仙女。她非常同情汤姆，决定帮助他。

在大庄园里清扫烟囱的时候，汤姆在黑黑的烟囱里迷路了，一不小心就掉到庄园主的小女儿艾莉的卧室里。

艾莉见有人从洞里钻出，吓得尖叫起来。大家以为来了盗贼，便一同追赶汤姆。

在仙女的暗中保护下，汤姆逃进森林，甩掉了追赶他的人们。

最后，汤姆一不小心掉到了河里。但他并没有死，而是变成了水孩子。

一天，艾莉在海边看到了水孩子汤姆的身影，她想看个仔细，不料脚下一滑，也掉进了河里。

就这样，艾莉也来到汤姆的海底世界，同样成了一个水孩子。

艾莉非常纯洁、善良，因此仙女给了她特殊的奖励：星期天她可以离开别的水孩子到一个奇特的地方去。

汤姆十分渴望和艾莉在一起，但他必须先从地狱里救出囚禁在那里的格里姆斯，然后才能和艾莉在一起。

仙女委派知书达理的艾莉做汤姆的老师，教他读书，学习礼节。

汤姆渐渐改掉了许多坏毛病，他也变成了一个纯洁、善良的好孩子。

仙女对汤姆说，如果他想成为一个真正的男子汉，就必须出去闯世界，找到格里姆斯，把他也改造成一个好人。

于是，汤姆决心去寻找正在受难的格里姆斯，并用自己的行动感化他。

汤姆一路上历尽千辛万苦，游历了许多奇怪的国家，碰见过许多奇怪的人们。最后，他终于找到了格里姆斯。

汤姆帮助格里姆斯改邪归正，同时他自己也成为了一个热爱真理、正直、勇敢的人。

现在，汤姆可以和艾莉永远在一起了！

魔 鼓

很久以前，一位年轻的战士从战场回家乡。走着走着，他突然碰到一位要饭的老大娘。老大娘向所有人乞讨。身穿华丽衣裳的大人物一脚就踢开了她，打着漂亮雨伞的贵族小姐冲她吐口水。最后，老大娘来到了士兵身边。她看了看士兵的破衣裳，摇摇头，准备离开。士兵却叫住了她，给了她一文钱，并且快乐地说："这是我所有的财产，虽然不多，但是能买个烧饼，我是年轻人，能抵挡得住饥饿！"

老大娘对士兵说："谢谢你，你真是一个心地善良的士兵。我要给你一个魔鼓，你一敲小鼓就能迫使所有的人和动物都跳起舞来，只要你不停地敲，他们就得继续跳下去。"

士兵告别老大娘继续赶路。突然，从森林里蹿出三个强盗，喝道："穷家伙，快把钱交出来！"强盗们在士兵身上认真搜索了一遍，连一分钱也没有找到。他们非常生气，决定好好地教训士兵。

士兵敲起了魔鼓。三个强盗手舞足蹈，活像三只大狗熊。跳了一会儿，他们开始气喘吁吁，想停却停不下来。

士兵不停地敲鼓，直到这三个强盗累得瘫倒在地上。他们向士兵求饶："求求你，饶了我们吧！我们再也不干坏事了！"士兵点点头，带着魔鼓上路了。

走着，走着，士兵又看到一位猎人正在瞄准一只小鸟。他又开始敲魔鼓，猎人不由自主地放下了猎枪，手舞足蹈地跳起舞来。小鸟乘机飞跑了。

就这样，士兵一路上敲着魔鼓，干了许多好事。

熊皮人

从前，有一个年轻的军人，他在战场上表现得非常勇敢，是一个出色的军人。

不久，战争结束，国王把军队解散了。所有的士兵都回到了各自的家乡。这个军人的父母不在了，他只好去投靠自己的兄弟。可是，几个兄弟一点儿也不顾兄弟情谊，他们狠心地说："你留在这里也没用，我们帮不了你，没有多余的粮食给你吃。"这个军人只好拿起仅有的东西——一杆枪，闯世界去了。

这天，他来到一片荒野，又饿又渴，坐在一棵大树下休息。想到自己悲惨的命运，他伤心地哭了起来："像我这样的人真是没用啊。除了拿枪打仗，什么本事都没有，以后可怎么生活下去呀？"

就在他自言自语的时候，一阵大风忽然刮过，一个穿着绿外套、高大强壮，却长着一双难看的马脚的人站在了他的面前。

军人问："你是谁？"

陌生人说："别管我是谁，我只是想帮助你这个有困难的人。我可以给你许多许多的钱，让你一辈子都花不完。但是，之前你必须先要接受我的考验。我可不想拿钱去养活一个胆小鬼。"

军人立刻站了起来，认真地说："军人都是不怕死的。你就尽管来考验我吧。"

"很好，我希望你能顺利通过。"陌生人说，"你看看你身后是什么？"

军人回头一看，一只大狗熊挥舞着熊掌，咆哮着向他扑了过来。可是军人一点也不害怕，大喝道："这可是你自己送上门来的，看我怎么收拾你。"

军人稳稳地端起枪，瞄准了大狗熊的脑袋，"砰"的一声，大狗熊倒在了地上，不动了。

陌生人满意地点了点头，说："看来你的胆子真的不小。不过，我还有一个条件。"

军人回答道："反正我现在什么也没有。你说，只要我能做到，一定答应你。"

陌生人说："在以后的七年里，你不可以洗脸、梳头，不可以刮胡子、剪指甲，无论有多脏也不可以。这七年里，你必须穿上我给你准备的外套和熊皮。如果在这段时间里，你不幸死了，那么你的灵魂就要归我所有。如果运气不错，活了下来，你就永远自由了，而且会有很多钱，过上很好的生活。"

军人想了想，虽然觉得有点冒险，但是想着自己如果不答应，也会被饿死，就痛快地答应了。他说："我同意你的这个条件。我们从现在就开始吧。"

陌生人脱下身上的绿外套，交给士兵，说："你只要穿上这件外套，兜里就会有永远也花不完的钱。"

陌生人又剥下熊皮，说："你以后必须每天把这张熊皮披在身上，当一个熊皮人。"说完，陌生人就像突然出现一样，又神秘地消失了。

军人穿上了绿外套，伸手摸了摸口袋，呀，真的有许多的钱。拿一把出来，再去摸，还是满满的一口袋。

于是，军人就披上熊皮四处流浪去了。

刚开始的时候，熊皮人还感到非常愉快，口袋里的钱让他过了很长一段时间潇洒的生活。

可是，渐渐地，他觉得没什么意思。他的头发已经长得遮住了脸，胡须都垂到了胸口，身上没有一块干净的地方。人们一看到他，都会吓得转身就跑。

到了第四年的一个晚上，熊皮人来到了一家旅馆。老板看他那么脏，不愿意接待他，说："你快滚开，别耽误我做生意。就连马棚我也不会给你住的。"

熊皮人从兜里掏出一个金币。老板立即换了一副嘴脸，说："我想起来了，后院还有一间空房子。不过，我得先说清楚，晚上你可不许出来把其他的客人吓跑。"

熊皮人点头答应了，只要能睡觉，何必在意那么多呢。

晚上，熊皮人刚要睡着，忽然听到隔壁房间有人在哭泣。熊皮人想：不知道是谁遇到了困难。我应该去帮帮忙。

于是，熊皮人走到隔壁，敲了敲门，一个满脸是泪的老人打开了门，可一看到他就往里躲。

熊皮人连忙叫住他，老人听见他会说话，知道是人，才停下了脚步。

在熊皮人的追问下，老人把一切都说了出来。

原来这个老人和三个女儿住在这店里，可现在他身上所有的钱都没有了，住宿的钱已经拖了好几天了。如果再不交的话，他们就要被旅馆的老板送到监狱去了。熊皮人说："没关系，我愿意帮助你。"说完，他就给了老人一大口袋的钱。老人感激好心的熊皮人，说："我的三个女儿都非常漂亮，你就挑一个喜欢的做妻子吧。"

熊皮人推辞说："我这么丑陋，不会有人愿意嫁给我的。"

老人说："虽然您的样子是有一些奇怪，但是到时候新娘子会把你打扮得漂漂亮亮的。"

熊皮人听了，愉快地跟着老人一起去见他的女儿。

三个女儿都长得很美丽，开始对熊皮人也很客气。可是一听说要嫁给他，大女儿打开门就跑了出去。二女儿虽然人没跑，但是她说："父亲，让我嫁给他，还不如嫁给一只狗熊呢。"老人非常生气。熊皮人说："算了，我本来就说不要你报答我的。"这时，三女儿站了起来，说："我们和他无亲无故，他都愿意帮助我们，那他一定是个好人。父亲，我愿意嫁给他。"

熊皮人看着这个美丽的姑娘，拿出一枚戒指，分成两半儿，在一半上刻上自己的名字交给未婚妻，另一半上刻上未婚妻的名字留给了自己。他说："你一定要小心保存这枚戒指，我还要出去三年。如果到时候，我平安无事，就会回来娶你的。如果我没有回来，就说明我出事了，你也就别再等我了。"

熊皮人告别了未婚妻，继续着流浪的生活。

自从熊皮人走了以后，可怜的未婚妻就穿上了黑色的衣裳，耐心地等待着未婚夫回来。

可是，每当一想起未婚夫在外面过着风餐露宿的生活，她就心疼得不得了。她的姐姐们不仅不安慰她，还嘲笑说："瞧我们可爱的小妹妹，竟然在等一只大狗熊回来娶她。""你可要听他的话啊，当心他一口吃了你。"

时间很快就过去了，到了约定七年的时候，熊皮人回到了当初见到陌生人的荒野，陌生人已经在那里等他了。"小伙子，你做得真不错啊！"他一挥手，熊皮人就变回了军人英俊的模样。

军人穿上了笔挺的外套，拿着玫瑰花，坐着四匹马拉的马车来到了未婚妻的面前，拿出了当年的半个戒指。当大家知道眼前这个人就是当年的熊皮人时，都惊讶极了。大女儿和二女儿气得脸都绿了，但是也无法阻止军人和小女儿举行婚礼。

水 晶 球

从前有一个巫婆，她有三个儿子。三兄弟和睦友爱，但巫婆不相信他们，总以为他们想夺她的权。于是，她把大儿子变成一只鹰，住在岩石上；把二儿子变成一头鲸，住在深海里。他们每天只有两个小时可以恢复人形。小儿子怕巫婆把自己变成一只熊或是一只狼，就悄悄地逃走了。

小儿子听说，在黄金太阳宫里住着一位被施了魔法的公主，等着人们去救她，而每一个救她的人，都得冒生命危险。

在这之前，已经有29个小伙子为此丧命了。现在，只剩下最后一次机会，以后谁也不能进去了。小儿子生性勇敢，他决定做最后一个去救公主的人。他在森林里穿行了很久，却怎么也找不到出口。这时，他遇见了两个正在争抢一顶破帽子的巨人。巨

人请他当裁判，让他说说帽子该归谁。

小儿子问："这顶破帽子有什么神奇的功能吗？"

巨人对小儿子说："这是一顶魔帽，谁戴上它，一眨眼就能到达想要去的地方。"小儿子想了想说："我把帽子戴在头上，先往前走，然后叫你们，你们谁先跑过来，帽子就归谁！"巨人同意了。于是，小儿子把魔帽戴在头上一直往前走。因为他心里想着公主，所以，他刚发出一声叹息："唉，我要是能到达黄金太阳宫就好了。"他就奇迹般地来到了宫殿前。

进入宫殿，在最后一间房子里，他看见被施了魔法的公主。公主的样子很丑：灰色的脸上布满了皱纹，双眼干枯黯淡，头发是火红色的，她看起来像一个魔鬼。小儿子只能在镜子里看到公主的原形，那是一位世界上最美丽的姑娘！

小儿子向公主打听救她的方法，公主告诉他，只要拿到野牛的水晶球，把它放在魔术师的面前，魔法就可以解除。可是，要想拿到水晶球，必须先杀死野牛，这可不是一件容易的事。

小儿子来到泉边，同野牛作战。他把野牛杀死了，野牛变成火鸟想逃走。这时，小儿子那两个变成鹰和鲸的哥哥帮他打败了火鸟，小儿子拿到了水晶球。

他把水晶球拿到魔术师的面前，魔术师说："我的魔法被破除了，现在你是黄金太阳宫的国王，你可以拿水晶球去恢复公主和你哥哥的人形。"小儿子拿着水晶球来到公主那里，她已经恢复了原形。两人交换了结婚戒指，幸福地生活在一起。

农民的故事

从前，有一个善良的农民。他过着贫苦的生活。

天上的神仙觉得他很可怜，决定帮助他。

于是，一位神仙变成一个过路人到他家住宿。

善良的农民拿出自己家最好的食物来款待他，并把自己的床让给他睡。第二天，神仙离开的时候送给他一只鸡，并说："好好儿喂养这只鸡，它会给你带来幸福的。"

农民就找来玉米和燕麦给鸡吃，还给它洗澡。怕鸡在晚上冻着了，他就抱着鸡一起睡。过了几天，这只鸡下了一枚金光闪闪的金蛋！农民简直不能相信自己的眼睛。从此，这只鸡每天都要下一枚金蛋，

农民靠着这些金蛋发了财，成了一个富翁。

成为富翁的农民开始享受起来，他不再像以前那样关心鸡，心地也不再善良了。和其他富翁一样，他开始变得吝啬、狠心和粗鲁，经常打骂周围的穷人。

神仙在天上看到了这一切，非常生气，决定惩罚他。

神仙再次打扮成过路人来到了他家。他认出了这就是给自己魔鸡的人，连忙热情地款待，希望得到更神奇的宝贝。第二天，神仙离开时送给他一条猎狗，并嘱咐他好好儿地喂养。

他欢天喜地地把魔鸡和猎狗放在一起。谁知道，猎狗一看见那只鸡就扑上去咬死了它，然后跑掉了。后来，他又变得和以前一样穷了。

三只熊

森林里有个精致的小木屋，里面住着三只熊。

一只是熊爸爸，一只是熊妈妈，还有一只是熊宝宝。

它们可不允许有谁随便进它们的小木屋。

有一天，一个可爱的小姑娘在森林里迷路了，她在林子里转来转去，就是找不到回家的路，真着急啊！最后她来到了小木屋的前面。

小木屋的门是开着的，她往门里面瞧了瞧，没有看见主人，只好自己走了进去。

屋子的正中央有一张大餐桌，上面放着三碗热腾腾的粥。

一个碗很大很大，是熊爸爸的；一个碗小一点，是熊妈妈的；一个碗很小，是小熊的。在每个碗的旁边还有一把勺子，一把很大，一把小一

点，一把很小。当然，大家都知道它们是属于谁的了。

小姑娘先拿起大勺子，吃了一口大碗里的粥。然后，她又拿起小一点的勺子，吃小一点碗里的粥。最后，她用最小的勺子吃起了最小碗里的粥。

小碗里的粥可真好吃呀，小姑娘捧着碗，一口气吃了个精光。然后她来到隔壁的房间，这间房子里有三张床。

小姑娘先在两张大床上躺了一会儿，熊爸爸和熊妈妈的床太大了；小姑娘又在小熊的床上躺了躺，小熊的床又小又整洁，小姑娘可喜欢了，她很快睡着了。

就在这时，三只熊回家来了。

熊爸爸一看餐桌，就大声叫了起来："谁动过我的饭碗？"熊妈妈拿起它那个小一点的碗一看，尖叫

起来：“谁喝过我的粥？”小熊看着自己的小碗，哭了起来：“天哪，谁把我的粥全给喝光了？”接着，它们又来到了隔壁的房间——它们的卧室。

熊爸爸又大声叫了起来：“是谁睡过我的床？”熊妈妈也尖叫起来：“是谁弄皱了我的被子？”小熊这回叫得更大声：“天哪！这是谁竟然在我的床上睡觉呢？”

小姑娘被它们的说话声吵醒了，慢慢地睁开眼睛一看，天哪！她看见的竟然是三只熊，她急忙向大门逃去。

熊爸爸冲熊妈妈使劲地嚷嚷着：“快抓住她，别让她跑了。”熊妈妈又对着小熊喊：“赶快拦住她，一定要拦住她。”小熊懒懒地追了出去，可小姑娘早就跑出小木屋了！三只熊到底没追上她。

不过，从此以后，它们就把自己的小木屋看得更紧了。当然也没有人再去过那里了。

伦克朗老汉

从前有个国王，他有一个女儿。他下令造了一座玻璃山，并宣布："谁能走过此山而不跌倒，我就把女儿嫁给谁。"有个年轻人和公主相互喜欢，他们一起去爬玻璃山。到了半山腰，公主脚一滑，掉了下去，玻璃山裂开了，公主被关在了里面，随即山又合上了。年轻人找不到公主，只好回去报告国王。国王非常难过，于是叫人把山挖开，可是还是找不到丢失的女儿。

原来，公主跌得很深，最后落到了下面的一个大洞中。在那里她遇见了一个大胡子老头儿。老头儿说："如果你肯做我的女仆，并听我的吩咐，就可以活命。"公主没有法子，只好按照老头儿的吩咐做。从此以后，公主必须给他做饭、铺被，做一切杂活儿。老头儿回来时总是扛着

一袋金银珠宝之类的东西。

大胡子老头儿就管她叫"曼丝萝"，公主则管他叫"伦克朗老汉"。

有一次，曼丝萝把所有的门窗都关上了。伦克朗老汉回来了，边敲门边嚷嚷："开门，快开门。"曼丝萝才不理睬他呢，任凭他在门外叫喊。伦克朗老汉不停地恳求曼丝萝让他回家，可她怎么也不肯，只要求他交出那架爬山的梯子。没有办法，老头儿只有告诉曼丝萝梯子在哪里。曼丝萝得到梯子以后，就将一根长长的绳子拴在窗户上，搭起梯子向山上攀去，最后终于到达了从前跌落的地方。她回到父王的跟前，告诉了他发生的一切。国王命令炸开玻璃山，找到了伦克朗老汉和他所有的金银财宝。国王最后下令杀掉了老头儿，取走了他的所有财宝。而公主则与自己的心上人结为夫妻，过上了快乐的生活。

女孩和小鹿

女孩露希被巫婆抓到了魔鬼屋。巫婆要把露希熬成肉汤喝,可怜的露希害怕极了。就在这时,巫婆的小鹿从自己的腿上割下了一块肉,献给了巫婆,并且说:"那个小女孩要养肥了再吃。"巫婆觉得很有道理,于是将鹿肉炖在锅里,然后睡着了。趁此机会,露希决定马上逃离魔鬼屋。

临走的时候,小鹿对她说:"我也要离开这里,你带我一起走吧!"露希非常感激小鹿的救命之恩,点头同意了。她说:"放心吧,亲爱的小鹿,我会带着你走的,并且绝不会离开你。"说着,她用灯芯草编成一条草绳,套住小鹿的脖子。

从此,无论她走到哪儿,都把这头可怜的小鹿带在身边。

后来,他们来到了一个小屋前。露希看到这间小屋没有人住,

便说：“我们就在这儿住下吧。”他们就这样在森林里生活了许多年。这时，露希已经长成了一个美丽的少女。

有一天，国王到这儿来打猎，发现了小鹿，并且跟着小鹿来到了露希住的地方。国王敲敲门，走了进去。国王看见了露希，那一瞬间他惊呆了，因为她是他见过的最美丽的女孩。国王立即向露希求婚，并说：“你愿意和我一起到我的城堡去做我的妻子吗？”露希说：“我不能和你一起去你的城堡，因为我的小鹿必须和我在一起，我不能和它分开。”国王说：“它可以和你一起去，永远都不离开你。”

正在这时，小鹿跳了进来。露希把草绳套在它的脖子上，他们便一起离开了小屋。露希和国王一起来到了城堡，在那里他们举行了盛大的婚礼，从此幸福地生活在一起。

黎丘老人

魏国都城大梁以北的黎丘乡，经常有鬼怪出没。

有一天，家住黎丘农村的一位老人在集市上喝了酒，醉醺醺地往家走，在路上却碰到了扮成自己儿子模样的鬼怪。老人并没有察觉到那不是他儿子。

那鬼怪在老人回家的路上，一直狠狠地折磨着他。

第二天，老人酒醒之后，想起自己醉酒回家时在路上吃的苦头，就把儿子狠狠训斥了一顿。他气愤地对儿子说："昨天晚上，你为什么那样对待我？你真是个不孝的孩子！"

老人的儿子一听这话，觉得十分委屈，伤心地说："昨天您出门不久，我就到东乡收债去了，我并

没有时间来接您呀！"

老人想想，觉得他说得很有道理，于是恍然大悟地说："对了，这一定是鬼怪在捣鬼，明天我装着喝醉去报复他！"

次日，老人在集市上又喝醉了酒，他一个人慢慢地往回走。他的儿子因为想起父亲头天晚上说过的话，担心他又遇到鬼怪，于是就沿着通往集市的那条路去接父亲。

老人远远地就望见儿子向自己走了过来，他以为又是上次冒充他儿子的那个鬼怪。等他的儿子走近的时候，老人二话不说，拔出剑就狠狠地刺了过去。

得胜的老人骄傲地回到了家，逢人就讲述自己杀鬼的英勇事迹，可是他还不知道自己亲手刺死的不是鬼怪，而是他的儿子。

寻找金羊毛的英雄

伊阿宋是伊俄尔科斯城的王子，他有一个同父异母的哥哥珀利阿斯，父王死后，哥哥珀利阿斯夺走了王位。

珀利阿斯害怕弟弟争夺王位，就让伊阿宋去寻找金羊毛。金羊毛远在赫勒海对岸的科尔喀斯，是国王埃厄忒斯的宝物，悬挂在埃亚圣林的橡树上，由昼夜不眠的巨龙看守着。伊阿宋决定乘船远行，希腊各地的英雄纷纷前来帮助他，其中有俄耳浦斯、赫拉克勒斯、玻瑞阿代兄弟等五十人，他们驾着船起程远航了。

在黑海，他们遇到双目失明、经常受到美人鸟折磨的老国王菲纽斯。

94

有翅膀的卡拉伊斯赶走美人鸟，解救了老国王。老国王告诉他们去科尔喀斯的路，还有穿越险恶"撞岩"的方法。

在老国王的指点下，英雄们终于来到了科尔喀斯。国王埃厄忒斯同意给他们金羊毛，但提出了一个苛刻的条件：伊阿宋必须驯服两头喷火的铜蹄神牛，让神牛去耕种战神阿瑞斯的圣田，并将龙齿播入田中。

国王的女儿美狄亚爱上了伊阿宋，她帮助伊阿宋完成了这个任务。不久，龙齿变成一个个战士扑来。英雄们帮助伊阿宋制伏了战士。他们杀死巨龙，得到了金羊毛。

佳古亚公主

有一对贫苦的老夫妇，他们没有子女，靠编竹篮维持生计。一天，老公公与平常一样，上山去砍竹子。忽然，他看到一株竹子发射出耀眼的光芒。正当他想走近仔细瞧瞧时，竹子拦腰断了，竹子里躺着一个可爱的女婴。老公公高兴极了，抱着女婴回去了。老夫妇给女婴取名"佳古亚公主"。

一天，老公公又到山上去砍竹子，他惊奇地发现竹子中有许多金子。从此，老公公总能在竹子里发现金子。老公公和老婆婆的生活渐渐富裕起来，他们常常接济周围贫穷的人。小女孩慢慢长成了全村最美丽的女孩。

佳古亚公主常常对着月亮默默流泪，老公公和老婆婆见了，都非常担心。

佳古亚公主告诉他们："我本是天上的月神，因为贪玩流落到民间，今年八月十五，我就必须离开你们，回天上去了！"老夫妇听了也很难过。

终于，这一天来到了，天上传来美妙的音乐，月亮里出现几个宫女和仆人，驾着马车踏云而来。佳古亚公主渐渐飞离了地面，含着泪挥手告别了两位老人。

佳古亚公主在仆人们的保护下，缓缓地升上了天空。老公公和老婆婆十分舍不得佳古亚公主离开，但天上才是她的家，他们只能在心里默默地祝福她。

黄粱美梦

有个姓卢的穷书生，希望过上荣华富贵的生活。一天，他在旅店遇见了一个道士。道士拿出一个青花瓷枕，告诉书生，只要他睡在上面，就可以过他想要的生活。这时，旅店的主人正在煮小米饭。

书生接过枕头，不久就进入了梦乡。他梦见回到自己的家乡，娶了一个崔姓女子为妻。崔家很有钱，妻子带来了丰厚的嫁妆。书生的生活富裕起来。第二年，他进京参加科举考试，一举考中状元，做了大官。书生在官场上一帆风顺，连连升迁，一直做到了宰相的位置。他的五个儿子也都做了大官。他们家成为京城的名门望族。

又过了很多年，儿孙满堂的他辞官后，在家里享清福，做老太爷。因为他生活美满如意，笑口常开，所以他一直活到八十多岁才死去……

当他从梦中醒来的时候，嘴边还挂着满意的微笑。可等他睁开眼睛一看时，他才发现原来自己还住在旅店里，刚才的荣华富贵只不过是一场梦。这时候，店主人的小米饭还没有煮熟呢。

书生失望极了，说："太遗憾了，刚才的一切只不过是在做梦。"

道士拍了拍他的肩膀，说："其实人生的荣华富贵，本来就是短暂的黄粱一梦。你又何必在意呢？"

大力士的故事

从前，波斯有一个大力士。他一直以为自己是世界上力气最大的人，因此整天都得意扬扬的。

有一天，有人告诉他，在印度有一个大力士，力气比他还要大。波斯大力士觉得很没面子，于是立刻决定去向那个印度人挑战。他走了整整一天，来到印度边界的一个湖边。他觉得渴极了，就跪在湖边，用嘴去喝水，只一口就把湖水吸干了。喝饱以后，他就倒在湖边睡着了。

一只象每天早晨要到这湖里来喝水。它发现湖里的水全干了，非常气愤，于是想教训一下这个把湖水喝干了的人。大力士才不怕他呢，他把大象拦腰一抱，扛在肩膀上，举过头顶，就向印度走去。

波斯大力士很快就到了印度大力士的家。他从土房的墙外，把大

象扔到了院子里。印度大力士的妻子叫了起来："母亲，您看，有人往院子里扔进了一只大耗子！"印度大力士的母亲说："没关系，孩子，你别理它，等一会儿我儿子会教训它的。"

波斯大力士把这些话都听在耳朵里，心想：天哪，在印度大力士家人的眼里，大象居然只是一只耗子！但他还是鼓足勇气向印度大力士下了挑战书。两位大力士请路边的一位老太太当裁判。老太太说："不行，我女儿把我的骆驼偷走啦，我正跑去追她。若是你们愿意在我手掌上比试的话，我倒可以一边走着一边给你们当裁判。"于是，他们就跳到老太太的右手掌上，打了起来。

老太太的女儿看见母亲追过来了。她就把她母亲连这两个大力士都抓住了，并且把他们和她赶的一百六十只骆驼，都捆成一个包，顶在头上。

有一只骆驼饿了，把头伸出包袱外面，啃起了路边的小树。农夫看到了，就大声喊叫："快抓住那个女人，她的骆驼吃了小树！"这女人很不高兴农夫跟她这样捣乱，她把农夫和他的田地，连牛、马、犁耙也一起包在了包裹里。最后，她走到一块地上，那里长着一个大西瓜。她把大西瓜剖开，把里头的瓤吃了。然后她把包裹塞在西瓜皮里，枕在头底下睡着了。

当她睡着的时候，一阵大洪水来了，把这个西瓜一直冲到了海边。半个西瓜皮掉了下来，从西瓜里跑出老太太、两个大力士、骆驼、树、农夫、牛、马和许多别的东西。

离开印度以后，波斯大力士再也不敢吹嘘自己的力气大了，因为他现在才知道什么叫天外有天，人外有人了。

戴斗笠的地藏菩萨

从前，在一个乡下住着一对老夫妇。虽然他们努力干活，却依然很穷。

有一天，老婆婆对老公公说："老头子呀，快过年了，可我们家的糯米只够做一个小饭团。"就在他们谈话的时候，在屋角的老鼠洞里，有一群小老鼠因为肚子饿，"吱吱"地哭了起来。老婆婆与老公公听见了它们的哭声也很难过，就说："好可怜啊！这些糯米还是给你们吃吧！"

小老鼠们得到了这些糯米非常高兴，老鼠妈妈给老夫妻搬来了许多叶子。老鼠妈妈说："谢谢你们给孩子们的糯米，我没有什么可以回报的，只好送你们一些可以做斗笠的叶子！"老夫妇看到这么多的叶子，心里非常高兴。老婆婆说："老头子，我们把这些叶子编成斗笠吧，然后拿到街上卖，

103

好吗？"老公公回答："这真是个好主意！"

于是，他们就动手编起斗笠来了，小老鼠看到了也都跑出来帮忙。最后，他们编了五个斗笠。老公公说："我拿到街上卖，等我赚了钱，我就买些糯米回来。"说完，老公公就上街卖斗笠去了。

老公公来到了热闹的街上。可是等了好久，也没有一个人买他的斗笠。天渐渐黑了，老公公失望地背着斗笠往家走。回家的路上，老公公路过了一个神社，里面供奉着几尊地藏菩萨的神像。神像已经破旧不堪了，雪覆盖了神像的头。老公公伸出已经冻僵了的手，开始一个一个地为它们清除头上的积雪。老公公自言自语地说："我没有钱也没有吃的，只好把这些斗笠献给你们了，请不要嫌弃。"

说完，老公公将斗笠一顶一顶地帮地藏菩萨戴了上去，并且将斗笠的带子系好。但是最后却少了

一顶，原来小老鼠们给的叶子只够编成五顶斗笠，如今却有六尊菩萨。老公公就将自己的头巾给了最后一尊地藏菩萨。

回到家，老公公把一切都告诉了老婆婆。老婆婆一点也不生气，她说："就算什么吃的也没有，我们也可以高高兴兴地过年。"

就在两个人说话的时候，忽然从外面传来一阵阵"嘿哟嘿哟"的声音，并且还有人说："帮我们戴上斗笠的老公公家在哪儿啊？"原来，外面说话的是六尊地藏菩萨，他们拉着一辆很大的雪橇渐渐地往老公公的家走来。最后，他们来到了老公公住的地方。接着，菩萨们便将雪橇上的食物全堆在老两口儿的家门口。老公公和老婆婆把门打开，看见那么多好吃的，惊讶极了。他们做了一顿非常丰盛的年夜饭。那个新年，他们过得可真愉快呀！

三片羽毛

从前，有一位国王。他有三个儿子。老大和老二从小就精明圆滑，小儿子很特别，不爱说话，但是却有着仁慈的心肠，对谁都肯伸手帮忙，哪怕是不起眼的小动物。

国王老了，身体非常虚弱，他不知道该选哪个王子来继承王位。一天晚上，腰间插着三片羽毛的神仙给国王出了个主意。

第二天，国王派人把三个儿子叫到了自己的寝宫。他说："你们谁能给我带回最美丽的戒指，谁就继承王位。"于是，他将儿子们领到大殿外面，拿出三片羽毛抛向空中，用力吹了一口气，说："你们三个分头沿着羽毛飞的方向去找吧。"

三片羽毛有一片朝东飞去，还有一片朝西飞去，

第三片在空中打了一个转，飞了一阵后落在了原地。两个哥哥赶忙选择了向西和向东的羽毛，把那掉在原地的羽毛留给了弟弟。

小王子十分难过，忽然，他发现在羽毛下的尘土里，似乎有一扇地板门。他吹开地上的灰尘，轻轻地掀开盖板，一条又黑又长的楼梯出现了。小王子想，反正也闲着没事，就沿着阶梯走了下去。走了一会儿，他看见一只巨大的蟾蜍蹲在那儿，四周挤满了小蟾蜍。"你想要什么呢？"大蟾蜍突然说话了，它认得小王子，因为在它小时候受伤时，是小王子帮助了它。小王子吓了一跳，但他立刻就想起了国王的话，说："我想要世界上最漂亮的宝石戒指。"

没一会儿，大蟾蜍领着另外几只小蟾蜍抬来了一口大箱子。大蟾蜍打开箱子盖，把一枚精美

的戒指呈现在小王子的眼前。小王子谢过大蟾蜍后，拿着那枚闪闪发光、独一无二的宝石戒指走了出来。当他把戒指拿给国王看时，国王和两个哥哥都惊呆了。

"按照约定，王位应该传给小王子。"国王欣赏完小王子那枚美丽的戒指后说。

两个哥哥不服气，非要再比试比试不可。于是，国王只好说："好吧，谁带给我最迷人的姑娘，谁就继承王位。"说着又朝空中吹起了三片羽毛，让他们再沿着羽毛所指的方向去寻找。

结果和第一次一样，哥哥们讥笑了弟弟一番后就出发了。

小王子又找到了大蟾蜍。大蟾蜍随手抓了一只小蟾蜍，那只小蟾蜍立刻就变成了一位美丽端庄的姑娘。

两个哥哥呢，随便找了个农家姑

niang jiù dài le huí lái　　tā men yāo qiú zài dà tīng zhōng yāng guà yí gè yuán quān
娘就带了回来。他们要求在大厅中央挂一个圆圈,

shéi de gū niang néng tiào guo qu　shéi jiù jì chéng wáng wèi　　tā men gè zì zài xīn
谁的姑娘能跳过去,谁就继承王位。他们各自在心

li pán suan zhe　wǒ de nóng jiā gū niang yòu jiē shi yòu qiáng zhuàng　tiào guò nà ge
里盘算着:我的农家姑娘又结实又强壮,跳过那个

quān zi tài róng yì le　yí dìng méi wèn tí　　nà ge piào liang gū niang kě jiù nán
圈子太容易了,一定没问题。那个漂亮姑娘可就难

shuō le　　liǎng gè nóng jiā gū niang xiān qù tiào yuán quān　　tā men dí què yí xià
说了。两个农家姑娘先去跳圆圈。她们的确一下

zi jiù tiào guo qu le　dàn zhèng shì yóu yú tā men tài jiē shi le　dòng zuò kàn
子就跳过去了,但正是由于她们太结实了,动作看

qi lai hěn bèn zhuō　ér xiǎo wáng zǐ de měi lì gū niang zhǐ shì qīng qīng yí yuè
起来很笨拙。而小王子的美丽姑娘只是轻轻一跃

jiù guò qù le　qīng yíng de xiàng zhǐ xiǎo lù
就过去了,轻盈得像只小鹿。

guó wáng kàn de méi kāi yǎn xiào　duì liǎng gè dà ér zi shuō　zhè xià nǐ
国王看得眉开眼笑,对两个大儿子说:"这下你

men zài yě méi yǒu shén me yì jiàn le ba　　nà me　　wǒ jiù zhèng shì xuān bù
们再也没有什么意见了吧?那么,我就正式宣布,

wǒ lǎo shi de xiǎo ér zi shì xīn guó wáng le　hā ha　　xiǎo
我老实的小儿子是新国王了,哈哈!"小

wáng zǐ jiù zhè yàng jì chéng le wáng wèi　chéng wéi le yì míng yīng
王子就这样继承了王位,成为了一名英

míng de guó wáng
明的国王。

109

勇士海森

从前，有一个叫海森的人，他非常勇敢，人们都喜欢叫他"勇士海森"。但是，海森的妈妈却很担心儿子会骄傲起来，从来不夸奖他。海森很不甘心，他要周游世界，看看世界上是不是真的有比他更勇敢的人。

他穿过了一个大森林，还翻越了一座大山，碰见了一个骑着狮子的人和一个骑着老虎的人。海森看看自己骑着的马，心想：或许他们真的比我勇敢。于是，海森问："请问你们两位要去哪里呢？"

"我们在周游世界。不过还想在这里住两天，你可以和我们一起。"两人回答说。

海森正想找个机会和他们较量一下，就欣然同意了他们的建议。他们约好，今天海森打猎，骑老虎的人捡柴，骑狮子的人烤面包。

晚上，到了吃饭的时间，骑狮子的人却没有端出可口的面包。他说："刚才一个饥饿的老头路过，我看他可怜，就把面包给他吃了。"

"嗯。帮助老人是应该的。"海森赞同地说。

第二天，轮到海森捡柴，骑狮子的人打猎，骑老虎的人烤面包。和前一天一样，当他们回来后，骑老虎的人也没有拿出面包来。

"今天又来了一个可怜的老头，我也把面包给他了。"听了骑老虎的人的解释，大家都没有说什么。

到了第三天，轮到海森烤面包了，他烤出了一个又大又香的面包。正当海森思考着会不会又出现一个老头时，背后突然来了一个大黑怪。

"你的面包烤得比你的同伴香多了。"大黑怪耸了耸鼻子说道。

海森这才知道，那两个同伴口中的可怜老头原来是这个大黑怪。他以最快的速度抽出宝剑向着大黑怪的头砍去，谁知大黑怪立刻又长出了一个头。直到海森砍了七次，大黑怪才终于倒在地上死了。海森从大黑怪身上搜出了一个装着七只小鸟的透明盒子。

两个同伴回来后非常羞愧，答应海森一起去大黑怪的洞里看看。他们还主动提出要走在前面。

两个人把绳子系在腰间先后下到洞里。可是，没过多久，他们就大叫着"有火"，让海森把他们拉了上来，海森只好自己再下去看看。当他下到有火的地方时，并没有让同伴把他拖上去，而是加快速度，落到了洞底。他意外地看到一个美丽的姑娘在低声哭泣。"你是人，还是鬼？"海森警惕地问道。

"我是人，一个大黑怪把我抢来，要我做他的老婆。我不同意，他就把我捆在这里，天天

鞭打我。"姑娘说。

海森把姑娘放了，告诉她大

黑怪已经被自己杀死了。姑娘很

感激海森，还帮助海森找到了大黑怪的宝藏。海森

让两个同伴把宝藏和姑娘拉了上去，然后他把绳子

系在腰上再让他们把自己拉上去。两个同伴为了

私吞宝藏和霸占姑娘，就把海森拉到半空中又放了

下去，想摔死他。

海森重重地摔了下去，砸穿了一层地狱。在那

个黑暗的世界里，他又看到了一个坐在海边哭泣的

姑娘，原来海神要强娶这个姑娘。"不要哭，我会救

你的。"说完，勇敢的海森拔出宝剑，狠狠地朝出现

在海面上的海神砍去。可是砍了好多次，海神依然

安然无恙，他还把海森

踩在了脚底。

"你可以告诉我这是

为什么吗？我也好死得

瞑目呀。"海森说。

"哈哈，我不像你们凡人，生命在自己体内。我的生命在一个黑色巨人身上的盒子里。"还没等海神说完，海森赶快打开从大黑怪那里取来的盒子，掐死了里面的七只小鸟。只听"砰"的一声巨响，海神掉进海里死了。

周围突然出现了许多欢呼的人们，他们都夸赞着海森的勇敢。在他们的帮助下，海森回到了地面。这时，那两个同伴正在为怎么分宝藏而争吵呢。

姑娘很喜欢海森的勇敢，希望做他的妻子。于是，海森带着漂亮的姑娘和宝藏回到了母亲的身边，并且把自己所有的经历详细地讲给妈妈听。

"妈妈，我是最勇敢的人吗？"海森问道。"是的，你是世界上最勇敢的人，我亲爱的儿子。"妈妈毫不犹豫地说。

"灯草"姑娘

有个叫沐英的头领，率领自己的家族部落征讨云南，当上了逍遥的云南王沐国公。云南王的后代就像种子一样在这片肥沃的土地上繁衍着。

传说，在会泽县鲁机村，有位叫沐定的姑娘，就是沐国公重孙辈的一员，不过她的家境早已衰败了。后来，她嫁给了一个姓李的农夫。她的丈夫是个能干的人，每天都勤劳地干活，可因徭役太重，一家人的生活还是过得非常艰难。

沐定姑娘从小就冰雪聪明，心灵手巧，无论看见什么东西，总要拿在手里翻来覆去、仔细琢磨，直到弄懂是怎么回事才肯罢休。而且她做事情时，她特别善于动脑筋，总会想出好几种办法来，把事情办得又快

又好。就拿用扫帚扫地这么简单的事来说吧，她左手拿，右手拿，正着拿倒着拿，竖拿斜拿都没问题。坑坑洼洼再难扫的地，只要一眨眼的工夫，沐定就可以扫得干干净净了。

邻居家的姑娘们都称赞说："沐定姐姐扫的地真是干净极了，即使刚洗过的衣裳掉在地上也不会担心被弄脏。"每次，沐定姑娘去给在田里干活的丈夫送饭时，她就会在田边地角、河畔沟埂摘些狗尾草、灯笼花、小青藤……然后拿回家，用自己的一双巧手编织一些花篮、提兜、小灯笼、蝈蝈笼子给孩子们玩。在她的家里，每天都充满了笑声。

一天，沐定姑娘在小河边摘了一些从没见过的细长的水草，准备给自己编一个小绣球。她剥开水草，发觉里面有一股柔软细白的草芯，不禁自语道："这多像

油灯里的棉线条啊。为什么不试试呢？"于是，她用灵巧的手很快就从水草里抽出了一根完整的草芯来。

她赶紧跑回家，把草芯小心地浸在油灯的灯盏里，点上了火。没想到这东西不仅容易燃烧，而且比用棉线条点灯还要轻便、省油，油烟少，灯光也更明亮。

沐定姑娘高兴极了，就把这种不知名的草取名为"灯草"，抽出来的芯叫"灯芯"。她把这个好消息告诉了丈夫，商量在自家的秧田里腾出一块地方，专门种植这种野生水草。

经过沐定姑娘的辛苦劳作，这种水草被养得更为肥实，茎秆也更长了，抽出来的灯芯又长又白又结实，更加耐用。余下的草壳也可以继续利用，沐定姑娘用它们编织成草帽、锅盖、箩筐、提篮、草鞋之类的东西，一点也不会浪费。

后来，她又用灯草做材料，编织出灯草滑席，垫在床上，柔软极了。他们把这些劳动的果实拿到集市上去卖，很快就因为物美价廉、轻巧耐用被人们抢购一空。回家一计算，呵，种一亩灯草比种十亩谷子的收入还要多呢。于是，他们把这种野生水草变为家种，在所有的地里都种上灯草，逐年发展，越种越多，生活也越来越富裕了。

附近的乡邻看到沐定家的变化，都非常羡慕，可怎么也找不到抽灯草和编织滑席的窍门，纷纷来向沐定姑娘求教。沐定姑娘热情地接待了大家，把抽灯草、编滑席的手艺毫无保留地教给了全村妇女。

后来，会泽县鲁机村的滑席、灯芯名气越来越大，传到了迤西、迤南，慢慢遍及整个云南，远销四川、贵州，甚至传入了京城。

小男孩和金斧头

从前，有一间树皮筑成的小屋子，里面住着一个小男孩和他那老眼昏花的老奶奶。两年前，小男孩的爸爸妈妈到深山里去砍柴，遇上了一场暴风雪。从那以后，他们再也没有回来过。生活的重担全部落到了小男孩稚嫩的肩上。

不论春夏秋冬，天刚蒙蒙亮小男孩就得起床。他们穷得吃不上早饭，每天出门前小男孩只好喝一肚子的水，然后拿起斧子和扁担上山去砍柴。虽然奶奶不用早起，但是她每天都会起来给小男孩烧一大锅水，让他把双手焐暖和了再出门。

"我的乖孙子，"临出门，奶奶对小男孩叮嘱道，"寒冬已经到了，你看你身上的棉袄还是你爸爸留下的，已经破得不成样子了。记住，今天砍完柴，你就挑到集市上去换些棉花和布料回来。奶奶好

119

gěi nǐ féng yí jiàn xīn mián ǎo
给你缝一件新棉袄。"

xiǎo nán hái kāi xīn de dā ying le　　zhè
小男孩开心地答应了。这

tiān tā jué de zì jǐ tè bié yǒu lì qi méi
天，他觉得自己特别有力气，没

guò duō jiǔ jiù kǎn hǎo le liǎng dà kǔn chái　xiǎo
过多久就砍好了两大捆柴。小

nán hái bēi shàng chái wǎng jí shì zǒu qù zài xià
男孩背上柴往集市走去。在下

shān de lù shang tā kàn dào le yì tiáo xiǎo hé jué de yǒu xiē kǒu kě yú
山的路上，他看到了一条小河，觉得有些口渴。于

shì tā fàng xià jiān shang de chái hé shǒu zhōng de fǔ zi pěng qǐ hé shuǐ sòng dào
是，他放下肩上的柴和手中的斧子，捧起河水送到

zuǐ biān dāng tā hē wán shuǐ zhǔn bèi zhàn qǐ lai shí què bù xiǎo xīn bǎ fǔ zi
嘴边。当他喝完水准备站起来时，却不小心把斧子

tī jìn le xiǎo hé li
踢进了小河里。

hé shuǐ yòu shēn yòu jí xiǎo nán hái de fǔ zi yí xià zi jiù bú jiàn le
河水又深又急，小男孩的斧子一下子就不见了。

tā shāng xīn de kū qǐ lai zhè bǎ fǔ zi shì jiā li wéi yī de fǔ zi méi
他伤心地哭起来。这把斧子是家里唯一的斧子，没

le tā yǐ hòu nǎi nai hé tā kào shén me shēng huó ne hái
了它，以后奶奶和他靠什么生活呢？"孩

zi nǐ wèi shén me yào kū ne bù zhī shén me shí hou
子，你为什么要哭呢？"不知什么时候，

yí wèi lǎo yé ye lái dào le xiǎo nán hái de shēn biān wǒ
一位老爷爷来到了小男孩的身边。"我

de wǒ de fǔ zi diào dào diào dào xiǎo hé li qù
的……我的斧子掉到……掉到小河里去

le xiǎo nán hái chōu da zhe shuō dào hē hē
了。"小男孩抽搭着说道。"呵呵，

wǒ huì bāng nǐ zhǎo hui lai de
我会帮你找回来的。"

说完，只见老爷爷走进河里，随手一摸，捞出了一把金斧子。"这是你的吗？"老爷爷问道。

"不是我的，老爷爷。"小男孩说。

只见老爷爷又随手一捞，捞出了一把银斧子。

"这个也不是我的。"小男孩回答道。

直到老爷爷捞出一把铁斧子，小男孩才开心地笑了。老爷爷把斧子还给了小男孩，高兴地说："你真是一个诚实的好孩子，你会有好运的。"

回到家里，小男孩把这件奇怪的事情说给了奶奶听。

"呵呵。"奶奶把小男孩的头抱到胸前，说："你真是一个好孩子。你做得很对。虽然我们很穷，但是我们要有骨气，要做诚实的人。"等奶奶说完，小男孩把斧子从腰上取出来给奶奶看。这时，一把金光闪闪的斧子呈现在老奶奶和小男孩的眼前。就像那位老爷爷说的，小男孩的诚实真的带来了好运。

隔壁的邻居听到了老奶奶和小男孩的对话，他决定也去交个好运。

第二天，他来到小河边，故意把斧子扔进河水里，然后假装哭起来。那位老爷爷又出现了，他像昨天一样先捞出了一把金斧子。还没等老爷爷问话，那位邻居就伸手抢过了老爷爷手中的金斧子。

"这把斧子就是我的。"那位邻居把金斧子紧紧地抱在怀里。"哈哈哈哈！"老爷爷没取回金斧子，而是笑着说道，"我只会帮助那些诚实的人。像你这样的人，只会得到我的惩罚。"说完，老爷爷消失了。

贪婪的邻居坐在小河边，开始幻想起来：他要把金斧子拿到集市上卖掉。他要用换来的钱买一座大房子，还有好多名贵的家具，还要买好多仆人每天伺候他……可当邻居低头一看，怀中抱着的不过是一块烂木头。他不仅没有得到金斧子，连自己那把铁斧子也失去了。

百鸟衣

sān shēng pō shang zhù zhe yí ge xìng zhāng de hái zi　　tā shì yí gè gū
三省坡上住着一个姓张的孩子。他是一个孤

ér　jiā li hěn qióng　kào tiān tiān shàng shān dǎ niǎo wéi shēng　zhōu wéi cūn zhài de
儿，家里很穷，靠天天上山打鸟为生。周围村寨的

rén dōu guǎn tā jiào　zhāng dǎ niǎo
人都管他叫"张打鸟"。

zhāng dǎ niǎo cháng cháng yì biān pá shān　yì biān chàng zhe yì zhī diào zi hěn bēi
　　张打鸟常常一边爬山，一边唱着一支调子很悲

shāng de　gē
伤的歌：

qīng shān qiān zuò wàn zuò　wǒ méi yǒu shǒu zhǎng dà　yì　tuó
"青山千座万座，我没有手掌大一坨，

liáng tián qiān mǔ wàn mǔ　wǒ méi yǒu wǎn kǒu dà　yí kuài
良田千亩万亩，我没有碗口大一块。

niǎo er yo　wǒ bù rú nǐ men zì yóu
鸟儿哟，我不如你们自由，

yú er yo　wǒ bù rú nǐ men fù yǒu
鱼儿哟，我不如你们富有……"

nà　yōu shāng de　gē shēng　cháng cháng shǐ
　　那忧伤的歌声，常常使

niǎo er tīng le niǎo er bēi　yú er tīng le
鸟儿听了鸟儿悲，鱼儿听了

yú luò lèi
鱼落泪。

zhāng dǎ niǎo jiàn fǎ hěn zhǔn　dì shang
　　张打鸟箭法很准，地上

pǎo de　tiān shàng fēi de　wú bù dǎo zài tā
跑的，天上飞的，无不倒在他

de gōng jiàn xià　dàn tā yǒu gè yuán zé
的弓箭下。但他有个原则：

123

雏鸟不打，益鸟不打，歌鸟不打，他只打那些糟踏庄稼的鸟儿，而且够糊口就不再打了。

盛夏的一天，张打鸟累了，到清水潭边休息。躺在木棉花下，他迷迷糊糊地睡着了，还做了一个梦。

梦里，有一个人面鸟身的动物向他飞来。

它说，明天正午，有两只鸟在空中搏斗，要他射死其中的黑鸟，救那只黄鸟。

第二天，张打鸟照常上山打鸟了。

正午时分，他爬上了山顶。站在山顶上，他望见火红的太阳被乌云团团包围了。

风一动，乌云里就抖落出雨滴来。在密密麻麻的雨帘中，果真有两只鸟在搏斗。

黑鸟似乎技高一筹，攻击圈儿由大变小，黄鸟眼看就要不敌了，慢慢退却下来。

看到这个情景，张打鸟的怜悯之心油然而生。他毫不犹豫地拉起弓搭上箭。随着"嗖"的一声，黑鸟脖子一歪，翅膀下垂，栽进了深谷。

天空瞬间豁然开朗，风吹云散，彩虹爬上了天边，斜斜地挂着。黄鸟高兴得盘旋起舞，放声啾鸣。

霎时间，百鸟飞来，各种各样的鸟儿满天飞翔，争相歌唱。张打鸟兴奋地也跟着欢呼、蹦跳起来。

那只黄鸟看到张打鸟面容英俊，又心地善良，而且还救了自己，感激之心和爱慕之情在心中渐渐滋生。从那以后，它每天都到这清水潭边，站在木棉花树上歌唱。

刚开始，张打鸟也不觉得这鸟声有什么特别，日子长了，他竟也慢慢地听出感觉了。

难道鸟儿是在对自己诉说什么吗？张打鸟觉得不可思议，可是越听越神，像是在对自己表达深切

的情感一样。也不知为什么，从此以后，张打鸟天天到清水潭边流连，聆听黄鸟的歌唱，像和情人约会一样。

再后来，他为黄鸟做了一个精致的笼子，把它喂养起来。喂养这只黄鸟可不是件容易的事情，张打鸟总是不辞劳苦，到山里找白蚁，捉蚱蜢喂黄鸟。隆冬季节，他还用甜酒调鸡蛋喂黄鸟呢。

一次，张打鸟提鸟笼上山，不小心跌了一跤，扭到了脚。他的右手却把鸟笼支起，毫无损伤。

还有一次，河水猛涨，他把鸟笼高高举在头上泅渡过河，头发根都打湿了，黄鸟却安然无恙。渐渐地，他再不打鸟了，转而拿起钓竿，上清水潭边钓鱼去了。

张打鸟出门后，黄鸟就变成一位美貌的姑娘，把屋子打扫得干干净净。然后，她就架机纺纱，用张打鸟积攒下的羽毛编织百鸟衣。

姑娘边织边唱道：

"百衣鸟哟，织百鸟衣，

百鸟的羽毛，百鸟的灵气，

千针万线缝起来哟，

阿哥穿上人更英俊……"

每次回家张打鸟都觉得很是奇怪，难道隔壁嫂子又帮忙了？邻居二婶又光顾了？可是他向嫂子道谢，嫂子满脸绯红。他向二婶问话，二婶只是摇头。

第二天，同样的事情又发生了。第三天，张打鸟又早早起来，带着钓竿去清水潭了。可是这次，他走到半路就踅回来了。张打鸟往门缝一瞧，一个比木棉花还美丽的姑娘在编织那件百鸟衣。

"吱呀"一声，张打鸟把门推开了，那姑娘立刻变回黄鸟从窗户飞出去了。张打鸟急忙追出去，跑到清水潭边，黄鸟"扑通"一声，跳到清水潭里。

失去了黄鸟，张打鸟心情坏透了。第二天一大早，他就上清水潭寻找黄鸟去了。清水潭里，波光粼粼，鱼儿开心地嬉戏，却没有他思念的黄鸟。

月亮爬上山头又落下，张打鸟放下了钓钩，他多么想把黄鸟钓上来呀！不一会，渔丝上的浮标摆动起来了，接着又沉下去了，张打鸟满以为钓到了黄鸟，但钓上来的却是个大螺蛳。张打鸟很难过，把它放回潭里去了。

然后，他又放下钓钩，钓上来的还是那个大螺蛳。到了第三次，他钓起来依然是那个大螺蛳。他

觉得奇怪，就把螺蛳放进笆篓带回家，养在了水缸里。

半夜，等张打鸟睡着了，螺蛳变成了一位美貌的姑娘。她从水缸里悄悄地走出来坐到织机上编织那件百鸟衣。天亮了，姑娘见张打鸟醒来，赶快往水里跳，谁知水缸已被张打鸟盖严了。姑娘逃不脱，只好实说："我就是那只黄鸟，愿与阿哥结为夫妻。"

第二天，姑娘带张打鸟上三省坡去。她叫张打鸟每走一步挖一锄，她跟在后面，每个坑放一片树叶。

隔天晚上，三省坡变成一片莽莽苍苍的林海。姑娘给张打鸟穿上了百鸟衣。穿上百鸟衣的张打鸟和姑娘跳起舞来。跳呀，跳呀，他们变成了一对凤凰腾飞起来，飞到森林里去了。

望 娘 滩

许久以前，川西平原闹大旱，很多人都在干旱中失去了生命。在靠近小河边的村上，住着聂妈妈和她的儿子聂郎。聂郎很直爽，既能吃苦耐劳，又肯帮助别人，还是个出名的孝子，大家都非常喜欢他。

一天，聂郎照例背起背篓出去割草，他想割草卖给周员外家，喂他们的千里马，可以赚点钱补贴家用。想着想着，不觉已翻过了赤龙岭。忽然他看见一只白兔，聪明的聂郎想到白兔是吃青草的，就追着白兔，找到了一丛青幽幽的嫩草。

接连两天，聂郎都到那儿去割青草。他发现那草非常奇怪，头天割了，第二天又生长出来，于是他决定把草挖回家去养着。他把周围的泥巴刨松，把草连根拔起时，看到草根上有一汪

清清的水，水上露出一颗亮晶晶的珠子，聂郎就把它放在怀里回家了。

聂郎回到家，把挖草的事情跟妈妈讲了，并从怀中摸出珠子给妈妈看。他把珠子拿出来的时候，满屋通亮，珠子闪出的光芒照得眼睛都睁不开，他们把珠子藏在了米坛子里。

第二天，聂郎发现青草干死了，可是放珠子的米缸里却装满了米，他们知道原来这是一颗宝珠。从此以后，珠子放在米里米涨，放在钱上钱涨。家中有了钱和米，母子再不愁穿愁吃了。善良的母子还经常救济同乡，这样一来消息便传开了。村里的一个恶霸地主听说了，一心要把这颗宝珠占为己有。

于是他们说聂郎偷了周家的家传宝珠，如不交出珠子，就送官府治罪。可是，他们搜了很久，也没

找到宝珠。管家这才知道,聂郎把珠子吞下肚了!管家气急了,就叫人把聂郎打了一顿,把可怜的孩子打得昏死了才肯离开。

半夜,聂郎才从昏迷中醒来。他喊道:"妈妈,我口渴呀!我要喝水呀!"聂妈妈忙递了一碗水给他,可是那碗水一到嘴巴就干了。聂郎不断地嚷着要水喝,后来他索性趴在水缸边,"咕嘟、咕嘟"地把水缸里的水喝干了。聂妈妈急坏了,在一旁不知该怎么办。可是聂郎的心头像烈火在烧,非常难过,而水缸里的水,都被喝干了。怎么办?他决定下河去喝水。

聂郎刚刚到河边,天空中一道金色的闪电,照得满天透亮,接着响起一片雷声。河里的水瞬间就被聂郎喝了一半。聂妈妈紧紧拉着聂郎的脚说:"儿子,这怎么得了!"她看到转过头的儿子变

了样子，只见他头上长了双角，嘴边长满了蓝须，颈上红鳞闪闪发光……他变成了一条蛟龙！

这时，雷声、闪电、狂风夹着大雨，河水陡涨，波浪翻滚，把平静的大地闹得轰响。河边亮起了火把，原来是丧尽天良的恶霸亲自带人沿河赶来，要剖开聂郎的肚子取宝珠。聂郎听见人声，料定是他们来了，就说道："妈妈放手，儿要为村子里每一个人报仇！"说完向河中一滚，立刻涌起了万丈波涛。

"死老婆子，你儿子哪里去了？他偷了我的宝贝，就是吞下肚子，我也要挖出来！"恶霸抓住聂妈妈的肩膀，凶神恶煞般地说着。"你这个坏人啊，你把我儿子逼下了河，逼得他生吞珠子，你还不甘心！聂郎啊，儿啊！你的仇人来了！"聂妈妈大声地喊着。还没等她说完，恶霸早已按捺不住，一脚把聂妈妈踢倒在地。在他的眼里、心里就只有那颗宝珠了。

这时，天空彤云密布，一道红色闪电之后，无数声响雷像千军万马般的波涛涌来，河水掀起了巨浪，把恶霸和他的管家狗腿子，全部卷下水去，淹死在波浪中了。风渐渐小了，雨也慢慢停了，小村庄渐渐恢复了宁静。天蒙蒙亮的时候，聂郎从水中仰起头来说道："妈妈，我要去了！我现在已经不是人了，我们人海两隔，就如同生离死别，要我回家，只有石头开花马生角了。"

聂妈妈痛哭起来，她知道，她的儿子从此再也不会回来了。她悲伤地站在一个大石堡上，高声喊着："儿啊！儿啊！"聂郎在水里仰起头来望着妈妈，聂妈妈连喊了二十四声，聂郎仰头望了他亲爱的妈妈二十四次，那个地方就变成了二十四个滩。

后来，人们给那个地方取名叫"望娘滩"，来纪念这对不幸的母子。

老子的赶山鞭

鹿邑城东门有一座老君山，有三丈九尺多高，从下往上，要经过三十三层台阶才能爬到山顶。山上有一座古色古香的老子庙，庙里养着的那几棵老松柏估计都上百岁了。在那苍松翠柏的掩映下，老子庙更是散发出神秘的色彩。

老子庙里有一座老子的塑像。塑像白发灰髯，神采奕奕，面带微笑。老子像的两边有一副对联，上联是："一片碧波飞白鹭"，下联是："半空紫气下青牛"。

这里每一样古物的背后都有一个故事，其中最有趣的要算老子庙前的赶山鞭了。那是一根碗口粗的大铁柱子。它的大部分被深深地埋在地下，露在地面上的那部分有三尺多长。小孩儿们经常在赶山鞭旁边玩。他们一会儿使劲摇晃它，一会儿又坐到上面荡秋千般地玩。

可是，当孩子们一起用力拔它时，它却像在闹脾气一样，毫无动静。曾经有十个号称"大力士"的大汉专门跑来拔赶山鞭，试图以这样的方式证明他们的力气。只可惜，赶山鞭没有让他们如愿，还是那样深深地扎根在泥土里，就像小孩子喜欢黏在妈妈身边怎么也不愿意离开一样。

赶山鞭和老君山是怎样来的呢？故事就要从老子讲起。

相传老子五十多岁的时候，还常在苦县东门里边宣传自己的主张。他每天都要向大家宣读

他的《道德经》，完了还向人们讲述他的"小国寡民"等观点。

为了力求普通老百姓能够理解他的观点，他总是不厌其烦，一遍又一遍地解释着。有时候，刚给一个人讲到一半，另一个人又来了，他就得从头开始再讲一次。可是他却从来没表现出丝毫的不耐烦。

苦县县城离老子的家乡曲仁里只有十来里路。他每次从县城回家，总要经过隐阳山。那本是座没有名字的山。因为它很高，山顶似乎都可以插到云里去，把太阳藏起来。所以，人们就给它取名隐阳山。

隐阳山的北坡因为长年不见太阳，经常冰天雪地，刺骨的冷风呼啸肆虐。赶路的人从这里经过，身穿棉裤皮袄都会冻得上牙跟下牙打架。山坡上的树林里，还常有凶猛的野兽出来伤人。而在隐阳山的南面，却总是被太阳晒得火辣辣的。五谷不能生长，走路人热得喘不过气，弄不好就有被烤死在这里的危险。山坡上的草丛里还有毒蛇出来咬人。

老百姓恨死了这座山。老子也讨厌这座山。

每次他从这里走过，总要对山嘟哝一阵："隐阳山啊隐阳山，你的罪孽太深重了。我真恨不得能一鞭把你打回到地下去！"

后来，老子离开家乡，到秦国讲学去了。说起来奇怪，他刚离开，苦县东门里他曾经讲学的地方就塌陷下去了。原来那片青青的草坪消失了，一个

清澈见底的绿湖出现了。湖里长出了磨盘般大小的藕叶和各种不同色彩的荷花。碧绿的湖水倒映出翠绿的藕叶和色彩艳丽的荷花，真是一幅天然的水彩画。湖的中心却是一大块平坦的干地。那里生长着郁郁葱葱的松柏。

老子到秦国讲学已经一个多月了。他的青牛驮着他飞过了函谷关，使他变成了仙人。

一天夜里，青牛的双眼突然射出了一道道金光。

青牛突然开口对老子说起话来："先生，你到这里已经一个多月了，难道就没有想起过家乡的事情吗？你可别忘了，家乡的百姓现在正在遭受着隐阳山带来的痛苦呀！"

老子听见青牛说话，先是一阵惊愕，等他回过神

来后，深深地叹了一口气，沮丧地说："牛儿呀，我的老伙计。你说我该咋办哩？我能做些什么呢？"

青牛道："今天夜里，你该回去看看啦。"

老子听出了青牛话里的意思，马上跳上了牛背，说："好吧，那就劳你跑一趟啦。"

青牛昂起头，"哞"的一声长啸。一阵清风不紧不慢地吹来，青牛脚下立刻生起一朵祥云。然后，它驮起老子，升到半空中，调头朝东，尾巴一拧，后腿一蹬，一溜烟往苦县方向飞去了。

凤凰报恩

很久以前，风景如画的西湖南边有一座山，山脚下住着一对兄妹，哥哥叫春生，妹妹叫秋姑。他们的父母在他们很小的时候就去世了，父母临死前留给他们三亩租来的田，一间破草房。

兄妹俩非常的辛苦，起五更睡半夜地耕种着这块田，总想多打点粮食。可是，秋天谷子刚熟，财主就来收租了。交了租子，剩下的那一点点粮食根本就不够两个人吃。没办法，兄妹俩只好喝汤吃粥，苦挨苦熬地过日子。

大年三十到了，有钱的财主家，摆了满桌的鸡鸭鱼肉庆祝新年，而春生家呢，只剩一小盅米了。秋姑用那一点点米煮了一碗稀粥，给哥哥吃。

春生看着仅有的稀粥，摇摇头说："我不饿，妹妹还是你喝吧！"

秋姑说："我不饿，哥哥还是你喝吧！"

就这样，兄妹俩你推我让，谁也不肯喝那仅有的一点点粥。

天气冷极了，屋外下起了大雪，鹅毛大雪漫天飞舞，北风"呼呼"地吼着，很吓人。这时，风雪里来了一个老婆婆，她在沿街讨饭。

老婆婆头发斑白，衣衫褴褛，拄着一根拐杖，一步一颠地，边走边叫："北风天哪，白雪地哟！善心的人啊，可怜可怜我这个老太婆吧！我已经几天没有吃饭了呀！"

这沙哑的声音传进了破草房，兄妹俩听得清清楚楚。善良的秋姑说："哥哥，你听到没有，那个老婆婆好可怜啊！我们应该帮帮她。"

春生也说："是呀，现在穷苦的人都是一样的可怜，我们的确应该互相帮助。这样吧，我们把她叫到屋子里面来，把粥给她喝吧。"

说着，两兄妹急忙开门，出去把这位陌生的老婆婆扶进了屋子。秋姑帮她掸落身上的雪花，春生则端起那碗他们唯一的粥给她喝。

老婆婆喝了粥，还在他们家住了一夜。第二天，雪停了，天也晴了，她就起身告别这对善良的兄妹。临走的时候，她看着这对善良的人，拿出一块白绫送给秋姑，说："善良的姑娘啊，用你灵巧的双手，把这块白绫绣起来吧，幸福注定是给勤劳而善良的人的。"

秋姑向老婆婆道了谢，接过白绫一看，只见那白绫上淡淡地描着一只凤凰，那只凤凰栩栩如生，仿佛就要从白绫上飞下来一样。

于是，秋姑夜以继日地绣着这幅白绫。她用她灵巧的双手，用红色的丝线绣凤头，用黑色的丝线绣凤眼，用金色的丝线绣凤翼，用五彩的丝线绣凤尾。

绣呀绣啊，绣花针刺破了她的手指，鲜血染在了白绫上，聪明的秋姑就在鲜血上面绣起火红的太阳和朵朵云彩。

从立春绣到立夏，三个月过去了，她终于把凤凰绣好了！这幅凤凰图真美呀，那凤凰仰着头，朝着天上火红的太阳，就像活的一样，真的让人以为它就要飞入云端呢。

兄妹俩越看这只凤凰越高兴，越看越喜爱，于是就把凤凰图挂

在屋子里。夜幕降临，兄妹俩都进入了梦乡，这时候奇怪的事情发生了。

秋姑半夜醒来，只见屋子里一片金光，她以为自己在做梦，忙揉了揉眼睛，再仔细一看，原来是那凤凰真的从白绫上飞下来了。

秋姑忙把哥哥叫醒，兄妹俩静静地看着这只神奇的凤凰。只见凤凰在屋子里走了几圈，展开它美丽的大翅膀，飞了一会儿，就又回到那幅白绫上去了。随着凤凰飞回白绫，金光也就渐渐消失了。

第二天早晨，秋姑和以往一样，一早就起来扫地。谁知道，她竟然在地上捡到一个金蛋，这就是昨天从白绫上飞下来的凤凰的蛋吗？兄妹俩把金蛋卖了，用卖金蛋的钱买了几亩田和一头黄牛，渐渐地过上了富裕的生活。

很多人在集市上看到了兄妹俩卖的凤凰蛋，都

觉得非常神奇。所以，凤凰图的事像一阵风似的传遍了全城，后来，还传到了县官的耳朵里。

贪婪的县官听说了这件事情，眼睛都红了。他心想：这图上的凤凰能生金蛋，真是一件奇珍异宝，我一定要把它弄到手！于是，他就派衙役把春生传到县衙，说："本大老爷抬举你，愿意出三百两银子买你的凤凰图。"

春生听了，义正词严地回答说："凤凰图是我妹妹费了很多心血才绣成的，无论你出多少钱，我们都不会卖的！"

县官听了大发雷霆。他把惊堂木一拍，大声说道："大胆刁民，这凤凰图分明是皇上的宝物，你

这样的穷人家哪能绣得出这等宝图！一定是偷来的，快从实招来！"接着，他不由分说，就给春生加了个"盗窃国宝"的罪名，把他丢进了监牢里。接着，他又命衙役到春生家去抢凤凰图。秋姑哪里是蛮横的衙役的对手，只能眼巴巴地看着自己辛辛苦苦绣出来的凤凰图被抢走了。

凤凰图一到手，县官得意极了。他左看右看，越看越觉得这图绣得逼真，真是越看越喜欢，高兴得他连饭也忘记吃，就在图前哈哈大笑了。

夜晚来临了，县官坐在太师椅上，守候凤凰飞下白绫来下金蛋。到了深夜的时候，突然，凤凰图射出了耀眼的光芒，照得满屋子金光闪亮，那凤凰果然从图上下来了。县官高兴得手舞足蹈，以为凤凰要生蛋了，

忙蹲下身子去看，连大气都不敢出。哪知凤凰没有下金蛋，而是气势汹汹地向他扑了过来，没头没脑地乱啄，痛得他在地上乱滚："来人哪！救命呀！"

衙役们闻声赶来，可是已经迟了，凤凰早就"刷"的一声，冲出窗户飞到遥远的山上去了。衙役们急忙将县官从地上扶起来，只见他满脸是血，左眼那里有一个大洞，鲜血"汩汩"地流出来。原来，他的眼睛被啄瞎了。

县官这次要气疯了，他认定一定是秋姑搞的鬼，她一定是妖女，决定一定要把她捉来处死。

可贪婪的他又犹豫了。他想：既然那姑娘能绣出这幅凤凰图，就一定可以再绣第二幅。不如让她再绣一幅凤凰图来赎罪。于是，他就派人把秋姑传

进县衙，对她说："只要你能重绣一幅凤凰图，我就不追究你的罪行，还把春生放出来。你觉得怎么样？"

秋姑想救出哥哥，于是毫不犹豫地答应了。她拿回了那块白绫，呕心沥血地又绣了三个月，那绚丽的凤凰图终于绣好了，就仿佛那凤凰又回来了一样。可是，这次她留下一对凤眼没有绣。她对县官说，先放了哥哥，才绣凤眼。

县官答应了，秋姑便一针绣成了凤眼。这凤凰有了眼睛，立刻展翅从图上飞了下来，驮着兄妹俩飞到那座遥远的山上去了。

后来啊，人们就把凤凰飞到的那座山叫做"凤凰山"。

鲤鱼跳龙门

很早很早以前，在富饶的龙溪河畔，有一群勤劳的村民。他们男耕女织，过着安居乐业的生活。

有一年，一条大黄孽龙出现了。它到处作恶，危害百姓。平时，它会老老实实地呆在龙溪里。可是，如果哪天它觉得无事可做了，就会胡乱地呼风唤雨，破坏庄稼。所到之处，房屋被它肆意掀倒，庄稼也被践踏得不成样子。小孩儿被吓得哇哇大哭，鸡狗则乱窜乱跳，整个村庄被它搞得乌烟瘴气，不得安宁。

每年六月六日，是恶龙的生日。它都会强迫村民献上一对童男童女、十头大黄牛、一百头猪和羊供它享用。

"如果到日出时，我看不见自己的供品，我就只好亲自到你们那里去取了。到时候，不小心踩翻了你们的篱笆，吓跑了你们的牛羊，那可就别怪我啦！"恶龙威胁道。

龙溪镇上有个叫玉姑的小姑娘，她的美丽机智是全镇上下公认的。更可贵的是，她非常有正义感，憎恨恶龙的嚣张气焰，希望能消灭它。于是，玉姑常常登上云台观找云台仙子，想从云台仙子那里得到帮助。可惜，云台仙子却总是不现身。

直到有一天，她被玉姑的执著深深地打动了。

"离这儿千里之外有个鲤鱼洞。洞里住着位鲤鱼仙子。你去找她帮忙吧！"云台仙子指点玉姑道。

玉姑于是辞别了云台仙子，凭着她那股不达目的誓不罢休的干劲儿，历尽千辛万苦，找到了鲤鱼仙子。

她说明来意后，鲤鱼仙子啧啧称赞道："真是一个令人佩服的好孩子。可是，即使牺牲了你自己，你也愿意，永不后悔吗？"

玉姑毫不犹豫地点了点头，说："为了全村人的幸福，我愿意牺牲一切，死也甘心！"

鲤鱼仙子满意地点了点头，朝玉姑喷了三口水，玉姑顿时变成一条美丽活泼的红鲤鱼。

红鲤鱼逆水而上，经过七七四十九天昼夜赶路，回到了家乡。

恰好，那天就是六月六日。红日正徐徐升起。柔和的阳光开始轻轻地抚摸村子里的每一寸土地。

玉姑用力蹦上岸，变回原形。只见一对童男童女、十头大黄牛、一百头肥羊肥猪已经排在岸边。人群里充斥着喜庆的锣鼓声，却掩盖不了那对童男童女和他们父母偷偷的抽泣声。村民们的脸上挂着的迎接恶龙的笑容，那么僵硬，那么勉强。一群健壮的村民，却只得用牲畜和小孩儿的性命来换取安宁。大家心里都不是滋味啊！

恶龙早已嗅到了供品的鲜美味道，卷起一股大漩涡。它腾到半空中后，飞到了岸上。见到面前的

美味佳肴，恶龙早已垂涎三尺，得意地张开血盆大口。

在这千钧一发的时刻，只见玉姑纵身跳入水中，霎时变成一条红鲤鱼。然后，她腾空飞跃，直朝恶龙口中冲去，顺势窜进它的肚中。红鲤鱼在恶龙的肚子里东刺西戳，把它的五脏六腑捣得稀烂。恶龙只感觉自己的肚子里翻江倒海般的疼痛，它拼命挣扎，浑身翻滚，却无济于事。在它折腾了好一阵后，终于被玉姑杀死了。可是，玉姑也永远留在了恶龙的腹中。

从此，龙溪边的村民又过上了安宁的日子。为了缅怀玉姑，他们在龙溪峡口的半山腰修起了一座鲤鱼庙。直到今日，那一带鲤鱼跳龙门的故事还广为流传。